dtv

»Meine Geschichte fängt mit einer nächtlichen Entscheidung an. Wie sie endet, steht noch in den Sternen.«
Wie lange ist sie nicht mehr in Nordhült gewesen? Und nun hat Nina, Anfang 30, Tante Rikes kleines Friesenhaus nebst Schuppen und altem Garten geerbt, in dem sie so glückliche Kindertage verbracht hat. Ein guter Grund, ihrem Job als Grafikdesignerin, Freund Leo und München für eine Weile den Rücken zu kehren und an die Nordsee zu fahren. Nur für ein paar Tage und nur, bis sie den Hausverkauf abgewickelt hat. Doch es kommt anders …

Dörthe Binkert wuchs in Frankfurt am Main auf und studierte Germanistik, Kunstgeschichte und Politik. Nach ihrer Promotion hat sie dreißig Jahre lang für große Publikumsverlage als Lektorin und Programmleiterin gearbeitet. Seit 2007 lebt sie als freie Autorin in Zürich. Bei dtv ist zuletzt von ihr erschienen: ›Jessicas Traum‹ (dtv 26109).

DÖRTHE BINKERT

Ein, zwei Wolken am Himmel

Roman

dtv

Ausführliche Informationen über unsere Autoren und Bücher
www.dtv.de

Von Dörthe Binkert
sind bei dtv außerdem erschienen:
Bildnis eines Mädchens (21317)
Brombeersommer (21593)
Weit übers Meer (dtv großdruck 25324)
Jessicas Traum (26109)

MIX
Papier aus verantwortungsvollen Quellen
FSC® C019821

Ungekürzte Ausgabe 2017
dtv Verlagsgesellschaft mbH & Co. KG, München

Umschlaggestaltung: Wildes Blut, Atelier für Gestaltung,
Stephanie Weischer unter Verwendung eines Fotos von
gettyimages/Siegfried Haasch
Satz: Druckerei C.H.Beck, Nördlingen
nach einer Vorlage von Christine Paxmann
Druck und Bindung: Druckerei C.H.Beck, Nördlingen
Gedruckt auf säurefreiem, chlorfrei gebleichtem Papier
Printed in Germany · ISBN 978-3-423-21680-7

1

Jede Entscheidung hat Folgen, das lernt schon jedes Kind – nur welche?

Besser, dass man das nicht immer im Voraus weiß, sonst gäbe es ja die berühmten unerwarteten Wendungen nicht, die das Leben spannend machen. Davon zehren schließlich all die Geschichten, die es wert sind, erzählt zu werden.

Lebensläufe, in denen alles nach Plan geht, ringen einem vielleicht eine gewisse Bewunderung ab, aber, seien wir ehrlich, auch ein leises Gähnen.

Meine Geschichte fängt mit einer nächtlichen Entscheidung an. Wie sie endet, steht noch in den Sternen. Aber ich bin zuversichtlich.

»Schläfst du schon?«

Stille.

»Ich weiß, dass du noch nicht schläfst. Du hast nur den Atem angehalten. Wenn du schlafen würdest, würde ich dich atmen hören.«

Schweigen.

»Wenn ich jetzt mit dir schlafen wollte, wärst du wach.«

»Ich weiß eben, dass du nicht mit mir schlafen, sondern reden willst«, murmelte Leo.

»Wie willst du das wissen?«

»Weil du mich dann einfach zärtlich berühren würdest, statt mich zu fragen, ob ich wach bin.«

Pause.

»Ja, das stimmt. Du, ich glaube, ich fahre da rauf.«

»Wo *rauf*?«

»Na, nach Nordhült, dahin wo meine Tante gewohnt hat, die vor kurzem gestorben ist.«

»Musst du das heute Nacht entscheiden? Und muss ich das mitentscheiden?«

»Ja, wenn ich fahre, würde ich vielleicht ein paar Tage bleiben, also vielleicht auch ein, zwei Wochen, wenn ich schon mal wieder nach Norddeutschland komme. Ich war ja ewig nicht mehr da.«

Leo drehte sich auf die andere Seite. »Du weißt doch, dass ich morgen die Besprechung habe, wo der intrigante Kunz wieder alles daransetzen wird, mir ein Bein zu stellen und mein neues Projekt zu torpedieren. Ich brauch jetzt wirklich meinen Schlaf. Dass Frauen immer nachts im Bett besprechen müssen, was ihnen durch den Kopf gegangen ist.«

»Du bist ja erst so spät nach Hause gekommen. Wann soll ich denn reden?«

»Zum Beispiel am Wochenende?« Leo büschelte das Kopfkissen und drückte sein Ohr fest darauf.

Aber am Wochenende, das war mir zu spät. Ich wollte es jetzt entscheiden und wenn, dann gleich morgen fahren. Weil ich hier sowieso nicht weiterarbeiten konnte. Am nächsten Tag wenigstens nicht. Mein Computer stand nämlich Kopf. Ja, buchstäblich. Ich hatte schon meinen Computerfachmann angerufen, aber der meldete sich nicht. Wahrscheinlich hat er nur den Kopf geschüttelt. Aber es ist wirklich wahr, das Bild, die Symbolleiste, der Text, alles stand auf dem Kopf, und ich verrenkte mir den Hals. Lesen Sie mal einen Text, der auf dem Kopf steht. Als Leo endlich heimkam, schon das zweite Mal diese Woche war es nach zehn, zeigte ich ihm den übergeschnappten Bildschirm.

»Da gibt es sicher einen ganz einfachen Befehl, eine Tastenkombination, um das rückgängig zu machen«, sagte Leo sachlich und ohne jedes anteilnehmende Staunen. »Oder die Maschine gibt jetzt tatsächlich ihren Geist auf. Ich hab dir ja schon oft gesagt, du sollst dir endlich mal einen neuen Laptop zulegen.«

»Aber ich bin an den hier gewöhnt! Ich hab ihn schon so lange!«

»Eben!«

Kurz und gut, morgen würde ich nur nervös hier rumsitzen und auf den Rückruf von Cyrus Link warten. Es war Anfang Juli, vielleicht war Link in den Ferien, das war ihm zu gönnen, aber ich würde einen anderen Computer-Support finden müssen. Andererseits konnte auch ich einfach wegfahren und ein paar Tage ausspannen. Andere Leute machen das auch. Vielleicht war die Sache mit dem Computer ein Wink mit dem Zaunpfahl?

»Ich fahre morgen nach Nordhült und nehme den Laptop mit«, sagte ich leise und zufrieden. »Vielleicht regelt sich dann alles von allein und das Bild kommt wieder auf die Füße.«

Aber Leo antwortete nicht. Sein Atem ging jetzt tief und regelmäßig.

Nordhült. Mein Gott. An diesen Ort habe ich Jahre nicht mehr gedacht. Genauso wenig wie an meine Kindheit. Man will ja schleunigst erwachsen werden, und kaum ist es so weit, hat man keine Zeit mehr, sich an die schöne Langeweile zu erinnern, mit der man als Kind vom Erwachsenensein geträumt hat. Als ich noch klein war, fuhren wir einmal im Jahr zu Tante Friederike in die Ferien, nach Nordhült. Bis ich zwölf war. Damals verkrachte sich meine Mutter mit ihrer Schwester, und aus war es mit den Sommerferien nahe dem Meer. Ich weiß nicht, was zu dem Zerwürfnis mit Tante Rike geführt hat, vielleicht habe ich sogar danach gefragt, aber meine Mutter hat sich wohl darüber ausgeschwiegen und Papa auch. Dann kam ich in die Pubertät und wollte sowieso keine Ferien mehr auf dem Land und noch dazu in Deutschland machen, da wollten wir nach Italien und Spanien und wer weiß wohin.

Zwanzig Jahre war ich nicht mehr in Nordhült gewesen. Und gestern ruft mich auf einmal Herr Niebeck an, der Nordhülter Bürgermeister. Meine Tante Friederike sei vor drei Wochen gestorben. Alle im Ort hätten meine Mutter und mich noch gekannt, aber bis man herausgefunden habe, dass meine Mutter nicht mehr lebte, habe es schon eine Zeit gedauert. Meine Tante hatte nichts verfügt, und unter ihren persönlichen Dokumenten war keine Adresse meiner Mutter vermerkt gewesen. Erst über einen weiter entfernten Cousin der beiden im Nachbarort habe man eine Spur auftun können, nur um zu erfahren, dass auch meine Mutter verstorben sei. Gott sei Dank – er entschuldigte sich sofort für diesen Ausdruck – sei ich ja noch nicht verheiratet und trüge noch meinen alten Familiennamen, Mathis. Jedenfalls sei es dann ein Leichtes gewesen, mich zu finden. Und da meine Tante keine Nachkommen habe, ihre Schwester, meine Mutter, als ihre nächste Verwandte aber tot sei, würde ich nun das Haus mit dem Laden erben, an den ich mich, meinte Herr Niebeck, gewiss noch aus meiner Kindheit erinnerte.

»Ja, natürlich erinnere ich mich«, sagte ich, »aber das ist ja schrecklich, so alt war doch die Tante nicht. Woran ist sie denn gestorben?«

Der Bürgermeister schwieg einen Augenblick pietätvoll. »Nein, alt war sie nun wirklich nicht, keine siebenundsechzig, aber das Herz, Frau Mathis – oder darf ich Sie noch Nina nennen? –, das Herz hat nicht mehr mitgemacht. Es tut mir leid, dass ich Ihnen so eine traurige Nachricht telefonisch überbringen muss, aber ich wollte es Ihnen doch gern persönlich sagen und nicht nur einen amtlichen Brief schicken. Wir kennen uns doch schließlich.«

Die Nachricht verfehlte ihre Wirkung nicht. Ich hatte Tante Rike als Kind geliebt, und ich hatte plötzlich ein rabenschwarzes Gewissen, dass ich mich in den letzten Jahren nicht bei ihr gemeldet hatte. Das letzte Mal hatten wir miteinander gesprochen, als meine Mutter tödlich verunglückt war. Tante Rike war zur Beerdigung gekommen, aber gleich wieder abgereist; sie hatte nicht mal bei meinem Vater übernachten wollen.

Mehr als der ziemlich abwegige Gedanke, als Grafikerin und Buchgestalterin einen winzigen Dorfladen zu erben, trieb mich seit dem Anruf des Bürgermeisters von Nordhült mein Gefühl um, etwas Wesentliches versäumt zu haben. Der Streit meiner Mutter mit ihrer Schwester ging mich nichts an, älter geworden, hätte ich den Kontakt zur Tante aber leicht wieder aufnehmen können. Auf einmal fühlte ich mich, als hätte ich Tante Rike verraten und mich ganz unberechtigterweise auf die Seite meiner Mutter geschlagen. Aber nicht einmal so war es: Ich hatte Nordhült und Tante Rike in den letzten Jahren einfach so gut wie vergessen. Ich war nach Abschluss meiner Ausbildung von Köln in den Süden Deutschlands gezogen und hatte mich, glücklich darüber, einigen Erfolg zu haben, in die Arbeit gestürzt. Mein Beruf war wirklich mein Traumberuf, und ich hatte nach Möglichkeit alle Aufträge angenommen, die man mir anbot. Nach ein paar kürzeren, ziemlich belanglosen Beziehungen hatte ich Leo kennengelernt und war nach einigem Hin und Her mit ihm zusammengezogen. Leo war Vertriebsleiter in dem Verlag, für den ich häufig Buchumschläge entwarf. Auch er arbeitete oft bis spät in den Abend hinein. Ich sah ja selbst, wie es bei ihm im Verlag zuging, mein Gott, diese Sitzungen immer und die Notstandsübungen, weil mehr Umsatz hermusste. Irgendwie stand es immer wackelig um das Haus, und jeder wälzte die Verantwortung für die mickrigen Zahlen auf die anderen ab und verbuchte die Erfolge auf dem eigenen Konto. Und am Ende war ich immer schuld. »Der Umschlag hat eben nicht gestimmt«, hieß es dann, »der hat den Titel doch einfach versenkt.« Immerhin, im Moment waren die Umschlagpräsentationen für das nächste Halbjahr für mich im Großen und Ganzen erst mal gelaufen. Wenn ich Ferien machen konnte, dann jetzt.

Und morgen, dachte ich beim Einschlafen, würde ich mit einem klitzekleinen Koffer und einer unbestimmten Sehnsucht im Leib, die mich selbst überraschte, losfahren: Ich wollte Nordhült wiedersehen.

2

Es war, wie gesagt, Anfang Juli. Ein Bundesland hat immer Ferien um diese Jahreszeit. Daran hatte ich bei meiner nächtlichen Planung nicht gedacht. Ich fuhr mit der Bahn. Der Zug war brechend voll. Auf meinem klitzekleinen Koffer konnte ich nicht besonders gut sitzen, zwischendurch stand ich mir die Beine in den Bauch. Die Fahrt vom Süden Deutschlands in den Norden Deutschlands ist auf diese Weise ziemlich lang. Außerdem hatten wir schon ziemlich bald eine Stunde Verspätung, und die Deutsche Bahn machte immer wieder höfliche Ansagen, dass die Anschlusszüge leider nicht warten konnten.

Mein Platz nahe der Tür war eher ungünstig. Bei jedem Halt riss mich ein Schwall von Menschen mit aus dem Zug und schwemmten mich die neu Zusteigenden wieder hinein, aber mit der Zeit arbeitete ich mich in eine Ecke vor. Zeit für ein Picknick. Die Curry-Ei-Füllung meines Sandwichs quoll an den Seiten heraus und bekleckerte meine Hose, die Computertasche und meinen rechten großen Zeh. Tränen stiegen mir in die Augen. Warum war ich so spontan? Ich hätte ein paar Tage später fahren und einen Platz reservieren sollen! Ich hasse Menschengedränge! Auf dem großen roten Schalenkoffer direkt neben mir hockte ein kleiner Junge mit seinem korpulenten, stark schwitzenden Vater.

»Wann sind wir da?«, quengelte das Kind, das Heuschnupfen oder sonst eine Allergie hatte und ständig in die Gegend nieste.

»Bald«, sagte der Vater, »jetzt geduld' dich doch ein bisserl.«

»Wann denn bald?«, fragte der Kleine.

»Na, bald eben. Noch drei Stunden ungefähr. Jetzt schau halt dein Bucherl an und such auf dem Wimmelbild das Hasi.«

»Drei Stund'n. So lange dauert des no?«

»Hast jetzt das Hasi g'funden?«

»Naa.«

Der Vater wischte sich den Schweiß von der Stirn.

»Jetzt streng' di doch amal an, statt immer zu quengeln, wie lang es noch geh'n tut. Such das Hasi! ... Hast es jetzt?«

Der Bub strengte sich so an, dass er darüber das Niesen vergaß. Ich fand das Hasi auch nicht, aber ich schielte ja auch nur seitlich auf das Wimmelbild. Der Kleine schüttelte stumm und heftig den Kopf und stülpte die Unterlippe vor, als wolle er gleich anfangen zu heulen.

»Herrgott, jetzt stell' di doch net so an!«, zischte der Dicke und wischte dem Jungen ungeduldig eins mit der Hand an den Hinterkopf. »Du wirst doch wohl noch das Hasi find'n!«

»Haben Sie das Hasi schon gefunden?«, fragte ich den Vater, um der Sache ein Ende zu machen.

Es traf mich ein vernichtender Blick und stille war's.

Ich hing wieder meinen eigenen Gedanken nach. Ob Leo mich schon vermisste? Als ich ihm heute Morgen einen Abschiedskuss gab, sagte er nur mit einem Blick auf mein Gepäck: »Da gibt es ja Hoffnung, dass du wiederkommst. Schreib mir eine Mail, wenn du angekommen bist, ja?«

»Wieso eine Mail?«, fragte ich. »Ich ruf dich an.«

»Ich werde sicher lange im Büro bleiben«, antwortete er, »es wartet ja niemand zu Hause auf mich. Nicht, dass du es umsonst versuchst.«

Darauf sagte ich nichts. Vielleicht war er doch gekränkt, dass ich einfach so allein entschieden hatte zu fahren. Oder es war ihm mehr recht, als es mir lieb sein konnte. *Tant pis*. Besser an was anderes denken. Also, ich finde zum Beispiel, die Leute nehmen immer viel zu viel mit, wenn sie verreisen, als müssten sie auf alle Eventualitäten vorbereitet sein und jede mögliche Katastrophe überleben, ohne fremde Menschen um Auskunft fragen oder irgendwas nachbesorgen zu müssen. Dabei weiß es jeder: Mindestens die Hälfte von dem ganzen Krempel braucht man sowieso nicht. Ich reise gern mit leichtem Gepäck, obwohl es kein guter Sitzplatz in übervollen Zügen ist. Es gibt mir das Gefühl, jederzeit auf und davon zu können. Die meisten Dinge sind doch ein Klotz am Bein, hinderlich auf dem Weg ins Freie, Neue, Unbekannte. Aber die Menschen sind verschieden. Die einen fühlen sich nur gut, wenn sie ihr Haus auf dem Rücken mittragen, die anderen ziehen mit der Plastiktüte los. Und ich, ich gehöre zu den Plastiktütenreisenden.

In Hamburg musste ich umsteigen. Und wenig später noch einmal. Mit jedem Umsteigen wurden die Reisenden weniger, und das Wetter, ganz gegenläufig zur gängigen Meinung, wurde besser. Und als ich endlich im Zug nach Obersanden saß, so viel Platz hatte, wie ich nur wollte, und in Fahrtrichtung aus dem Fenster guckte, überkam mich ein richtiges Glücksgefühl. Es war schon Abend, und vor mir lagen die hellen Sommernächte des Nordens. Die Wiesen breiteten sich in sattem Grün vor meinen Augen aus, ein paar Rinder rupften die letzten schmackhaften Gräser des Tages in ihr weiches Maul, andere lagen behäbig beisammen, als träfen sie sich nach getaner

Arbeit am Stammtisch ihrer Lieblingskneipe. Der Weizen wogte weizenblond, der Roggen stand bläulich stramm, und über allem wölbte sich ein weiter, frischer Himmel. Wie hatte ich all die Jahre diesen hohen, freien Himmel vergessen können, an dem sich jetzt vereinzelte Schönwetterwölkchen rosa färbten.

Mir wurde himmelleicht zumute, ich reckte die Zehen in den Sandalen, vergaß die Flecken auf meinen aufgekrempelten Chinos und dachte daran, wie aufgeregt ich vor Jahren den Ferien entgegen und mit welch traurig-schönem Schmerz ich nach drei Wochen wieder abgefahren war. Inzwischen hatte ich die halbe Welt gesehen, aber die bitzelnde, kribbelnde Aufregung von damals hatte ich schon lange nicht mehr gespürt.

In Nordhült gibt es keinen Bahnhof. Es gefiel mir, dass das bis heute so geblieben war. Wenn man an einen Ort seiner Kindheit zurückkehrt, möchte man, dass alles noch genauso aussieht wie vor Ewigkeiten. Früher holte uns Tante Rike meist mit Piet und Bauer Hansens Pferdewagen an der Station in Obersanden ab. Der vorgespannte Holsteiner stand geduldig mit gesenktem Kopf, gutmütig ließ der Braune sich von meiner Kinderhand den warmen schweren Hals streicheln und blies durch die Nüstern dabei, als wolle er mich begrüßen. Vor dem schweigsamen Piet hatte ich mehr Angst als vor seinem Pferd, weil Piet einen Silberblick hatte. Seit er nicht mehr Pfeife rauchte, kaute er beständig auf einem Stöckchen herum, das er zwischen seinen Zähnen, die denen seines Pferdes nicht unähnlich waren, hin- und herbewegte. Ein Süßholz vielleicht, vielleicht aber auch nur ein Stück von einem Weidenzweig, wie Papa vermutete.

Heute würden nicht Tante Rike, Piet und sein Brauner auf mich warten. Vielleicht gab es auch diese beiden nicht mehr oder Piet fuhr inzwischen einen praktischen Lieferwagen. Stattdessen wollte mich Herr Niebeck, der Bürgermeister, höchstpersönlich mit dem Auto abholen. Ich hatte seinen Vorschlag dankend angenommen, denn Taxis, das bestätigte er mir auf meine Nachfrage, gab es in Obersanden am Bahnhof noch immer keine, »und ehe Sie sich telefonisch eines gerufen haben, sind wir schon halbwegs in Nordhült«.

Als ich als einziger Fahrgast in Obersanden aus dem Zug stieg, blies mir ein leichter Wind entgegen. Er kam vom nahen Meer her und roch so frisch gewaschen und sauber wie ein kühles weißes Laken.

Ich weiß nicht, was ich mir für Vorstellungen von Bürgermeister Niebeck gemacht hatte, eigentlich keine, aber irgendwie erwartete ich doch einen reiferen Herrn mit einem soliden, vertrauenerweckenden Auto. Schließlich hatte ich ihn schon alt gefunden, als ich noch ein Kind war. Doch statt eines rundlichen Herrn mit Halbglatze sah ich nur einen großen jungen Mann mit hellbraunem strubbeligem Haar, der neben einem knallroten Golf stand und telefonierte. Das war verwirrend, denn eine weitere Auswahl gab es nicht. War Herr Niebeck verspätet? Hatte er mich vielleicht vergessen? Seit ich klein bin, habe ich diese Angst, dass die Leute mich ganz schnell und ganz leicht vergessen. Sollte ich den jungen Mann ansprechen? Ich machte ein paar zögerliche Schritte in seine Richtung. Da blickte er auf, lachte, ruderte lebhaft mit dem braungebrannten Arm durch die Luft und rief: »Hallo, willkommen!«

Was war das? Ich stand wie angewurzelt. Wir mussten uns kennen. Und nicht die anderen vergaßen mich, sondern ich vergaß sie.

Der junge Mann sagte in sein Handy: »Ich ruf dich später noch mal an«, klappte das Gerät schwungvoll zu und lächelte mir breit ins Gesicht.

»Nina, lass dich anschauen. Dasselbe schöne Mädchen!«

Der Unbekannte, den ich hätte kennen sollen, griff nach meiner Hand und drehte mich an seinem ausgestreckten Arm mit einer lockeren Bewegung einmal um mich selbst. Seine Augen lachten, der ganze Mann freute sich, mich wiederzusehen.

»Was guckst du mich so an?«, wunderte er sich. »Kennst du deinen Vetter Malte nicht mehr, Kusinchen? Bin ich so schlecht gealtert?« Er gab sich Mühe, beleidigt auszusehen.

Peinlich, peinlich. Ich stand immer noch da wie vom Donner gerührt. Mein Vetter Malte.

»Herr Niebeck hat mich gebeten, dich abzuholen, bei ihm fohlt eine Stute und der Tierarzt ist noch nicht da.«

Ich nickte.

»Du hast Bartstoppeln«, sagte ich langsam, »braun, ein bisschen rötlich.«

Er fuhr sich über die Wangen: »Ich hatte keine Zeit mehr, mich zu rasieren ...« Breites Grinsen. »Quatsch, ich denk nicht immer dran.«

»Du hast damals soo darauf gewartet, dass du endlich Bartwuchs kriegst.«

»Und du wolltest mich damals heiraten, und nach dieser bewegenden Ansage bist du nie mehr wiedergekommen.«

Malte. Natürlich, es war Malte. Plötzlich war ich riesig müde.

»Ich bring dich in Tante Rikes Haus. Das Gästezimmer kennst du ja, für den Anfang. Das Haus gehört jetzt dir. Herr Niebeck hat mir die Schlüssel für dich mitgegeben.« Malte ließ den Schlüsselbund in meine Hand gleiten. »Meine Mutter hat mir Bettwäsche für dich eingepackt. Sie meinte, du bräuchtest etwas Zeit, um dich im Haus umzusehen und zu sichten, was sich da alles findet.«

Ich lächelte und nickte und setzte mich in den Golf. Malte legte mein Gepäck auf den Rücksitz, schob das Dach auf und ließ den Wagen an. Im offenen Ausschnitt des Wagendachs sah man blass den ersten Stern. Die Luft roch süß nach Gras und Heu, und mir wäre feierlich zumute gewesen, hätte mich nicht die Müdigkeit zusammengedrückt wie ein unscheinbares kleines Paket. Nie hätte ich gedacht, je eine Hausbesitzerin zu sein.

Als wir in Nordhült ankamen und vor Tante Rikes Haus standen, war es dunkel geworden. Wie ein Schattenriss hob sich das tiefgezogene Reetdach vor dem nachtblauen Himmel ab.

Wir stolperten auf dem unbeleuchteten Gartenweg auf den Eingang zu. »Friederike, du musst hier mal eine Wegbeleuchtung installieren«, hatte Papa jedes Jahr gesagt, wenn wir ankamen, und Tante Rike hatte jedes Mal geantwortet: »Da hast du recht!«. Malte hatte eine Taschenlampe aus dem Auto mitgenommen, der Lichtkegel suchte die Eingangstür und dann das Schloss. Irrlichternd fuhr der Lichtkreis über Backstein, Fachwerk und Holz und blieb an der zierlichen Messinghand hängen, die schon immer als Türklopfer gedient hatte. *Friederike Feddersen* stand in zart geschwungener Schrift auf dem Messingschild darunter. Ach, Tante Rike, warum machst du nicht die Tür auf und schließt mich in die Arme wie damals, wenn ich von meinen Streifzügen zurückkam, die Kleider voller Kletten und Grannen, und vor Erzähllust platzte. »Nu komm erst mal rein«, sagtest du, »und wasch dir die Hände und das Gesicht, und vergiss nicht, was du sagen wolltest.« – »Fünf Sachen«, antwortete ich dann aufgeregt (oder sechs oder sieben), »muss ich dir erzählen. Unbedingt!«

Das mache ich heute noch so. Wenn ich einkaufen gehe, merke ich mir nicht was, sondern wie viele Sachen ich besorgen muss. Ich schloss die Tür auf. Ja, richtig, es war ja eine geteilte Tür! War der obere Teil geöffnet, griff man hinein und schob den breiten hölzernen Innenriegel zurück, mit dem der untere Teil der Tür verschlossen wurde. War jemand im Haus, stand die obere Hälfte meist offen. Tante Rike hielt öfter mal einen Schwatz mit einer Nachbarin oder dem Postboten, es sah aus, als lehne sie sich aus einem Fenster, die Arme breit und gemütlich aufgestützt.

Diese Tür hat mich immer fasziniert, sie war für Jahre mein Kasperletheater. Die Dorfkinder saßen auf dem Gras vor dem Haus, und ich hockte hinter der Tür und ließ Prinzessin und Hexe, Prinz und Krokodil und vor allem den Teufel oben im geöffneten Teil ihr Unwesen treiben.

»Warte«, sagte Malte und schob mich sacht zur Seite, »ich such das Licht.« Es waren immer noch die alten Schalter aus Porzellan, die man mit leichtem Knack nach rechts und links drehen musste. Aber ich hätte mich auch noch blind zurechtgefunden. Rechts, gleich neben dem Eingang, waren die Garderobenhaken mit Tante Rikes Mützen und Regenhüten, dicken Jacken und wetterfestem Zeug, darunter die Gummistiefel und allerlei Gerät, und dann stand man schon in dem großen Wohnraum mit dem Kaminofen links und dem gewaltigen Esstisch aus Eiche in der Mitte. Er war das Zentrum des Hauses. Alle anderen Räume des Hauses gingen von diesem Raum ab: die kleine niedrige Küche, das Vorratszimmer, das Bad, Tante Rikes Schlafzimmer, das Gästezimmer und die nie genutzte Stube, in der ganz früher die Oma gewohnt hatte.

Ein muffelig fader Geruch, der an gruftiges Mauerwerk erinnerte, hing im Raum, wie er sich in alten Häusern schnell einstellt, wenn länger nicht gelüftet wird. Auf dem Esstisch stand ein Einmachglas mit vertrockneten Wiesenblumen. Das Wasser war schon ganz verdunstet und hatte nur braune Ränder am Glas zurückgelassen. Wer die Blumen wohl hier hingestellt hatte?

Malte drückte mir die Bettwäsche in den Arm. Mich fröstelte ein bisschen.

»Ich lass dich jetzt allein, Nina. Du bist sicher hundemüde und willst nur noch schlafen. Morgen wirst du dich sicher erst mal umsehen. Und irgendwann radelst du vielleicht mal bei meinen Eltern vorbei.«

»Und du«, sagte ich, »wohnst du in der Nähe oder bist du zufällig bei deinen Eltern zu Besuch? Seh ich dich noch?«

»Weiß nicht. Ich war heute zufällig bei meinen Eltern, und als Niebeck meinen Vater anrief und ihn bat, dich abzuholen, sagte ich, ich würde das machen.« Mehr schien er nicht preisgeben zu wollen, und ich war zu müde, um weiter nachzufragen. Die Tür fiel zu, und so plötzlich, wie Malte wieder in mein Leben getreten war, schien er auch wieder daraus verschwunden.

Ich war wirklich zum Umfallen müde, aber seit dem Kleckersandwich hatte ich noch nichts gegessen, und das bohrende Gefühl in meinem Magen ließ mir keine Ruhe. Die Bettwäsche noch immer im Arm, öffnete ich die Türen des lavendelblau lackierten Küchenschranks, fand eine mit einer hölzernen Wäscheklammer ordentlich verschlossene Tüte mit getrockneten Aprikosen und sank auf einen Stuhl.

Da stand Malte plötzlich wieder in der Küche. »Das hab ich ganz vergessen. Meine Mutter hat mir noch ein Stück Kuchen für dich mitgegeben.« Er stellte einen Teller mit Blechkuchen vor mich hin. »Also, dann geh ich mal. Abzuschließen brauchst du hier nicht«, sagte er noch, »aber vielleicht fühlst du dich damit sicherer. Schlaf gut, Kusinchen! War schön, dich wiederzusehen.«

Er drückte mir einen Kuss auf die Wange und war aus der Tür. Das Motorengeräusch seines Wagens verklang in der Ferne, und um mich war Stille, unglaubliche Stille.

3

Es muss kein Hahn auf dem Mist krähen, um das Aufwachen auf dem Land für Städter zu etwas Besonderem zu machen. So wie der Himmel sich nachts, wenn es nur dunkel genug ist, zu einem beschützenden Sternenzelt rundet, so tritt auch der Morgen dort klarer an die Fenster, klopft hell an die Scheiben oder weckt die Träumer mit seinem Regen plätschernd und gurgelnd aus dem Schlaf.

Ich erwachte in Tante Rikes Gästezimmer, in dem großen Bett, das früher meinen Eltern vorbehalten war und das sicher schon zu Beginn des letzten Jahrhunderts ein Brautpaar glücklich gemacht hatte, so durchgelegen war es. Durch das kleine, viergeteilte Fenster fielen die ersten Sonnenstrahlen auf die blau-weißen Streifen meiner Bettdecke. Die Singvögel nisteten schon und sangen kaum noch, aber das Gezeter der Spatzen, die sich Höhlen im Reetdach gebaut hatten und ihre morgendlichen Querelen austrugen, weckte mich aus wirren Träumen. Langsam kam ich zu mir. Doch bevor ich den Tag begann, überließ ich mich noch für ein paar Minuten dem Dösen und zog die Decke noch mal hoch bis ans Kinn.

Plötzlich saß ich senkrecht im Bett. Ich hatte gestern Abend vergessen, Leo anzurufen! Aber jetzt – das Handy zeigte kurz nach sieben – müsste ich ihn eigentlich noch zu Hause erreichen. Ich rief an. Nichts. Ich hinterließ ein paar warme Worte auf dem Anrufbeantworter und rief Leos Handynummer an.

»Morgen, Nina! Bist du gut angekommen? Ist es da oben auch so schwül wie hier?«

»Nein, es ist wunderbar frisch. Aber ich war nach der Reise so kaputt, dass ich vergessen habe, noch anzurufen. Tut mir leid. Geht's dir gut? Wo bist du denn?«

»Bin schon auf dem Weg ins Büro. Jetzt ist es noch angenehm draußen …«

»Dann mach's gut. Ich seh mich heute mal etwas um hier. Ich melde mich wieder. Du, übrigens, weißt du, wer …«

Aber Leo hatte schon »Du auch! Auf bald!« ins Telefon gerufen und aufgehängt. Ich saß auf dem Bettrand und ließ die nackten Beine baumeln. Leo und ich, wir waren beide keine großen Telefonierer, und viel gab es von meiner Seite ja auch noch nicht zu erzählen. Trotzdem, ein bisschen kurz angebunden war er schon gewesen. Und ich hatte völlig vergessen, ihn zu fragen, wie seine Sitzung gelaufen war. Das war auch nicht gerade nett. Heute Abend musste ich ihn danach unbedingt als Erstes fragen.

Tante Rike war, trotz der Tee-Kultur im Norden, immer auch eine Kaffeetrinkerin gewesen, und wirklich fand ich in der Küche eine Espresso-Maschine und, im blauen Schrank, Kaffee und auch Zucker, ameisensicher in einer Dose verschlossen. Bald zog Kaffeeduft durch den Raum, und ich verzog mich mit der Tasse noch mal ins Bett, um nachzudenken, wie ich den Tag angehen sollte. Das war in diesem Haus immer der Brauch gewesen: Erst eine Tasse Kaffee im Bett, dann sieht man weiter.

»Ganz langsam gehst du den Tag an, Nina«, sagte ich mir, »du bist ja unter anderem hier raufgekommen, um ein paar Tage frei zu machen.«

Ich warf mir im Badezimmer etwas Wasser ins Gesicht und probierte, ob die Dusche funktionierte. Natürlich funktionierte sie, warum auch nicht, Tante Rike hatte ja bis vor wenigen Wochen noch ganz normal hier gelebt. Sie war nicht einmal ins Krankenhaus gekommen. Niebeck hatte doch gesagt, dass niemand mit ihrem Tod gerechnet hatte, sie selbst am wenigsten, denn sie hatte offenbar zur alten Gesche noch am Tag vor ihrem Tod darüber gesprochen, dass sie dieses Jahr endlich mal wieder Marmelade einkochen wollte.

Ich wühlte mein Köfferchen durch, zog Jeans und eine frische Bluse an, schlüpfte in die Sandalen, denn der Fliesenboden war kühl, und beschloss, zunächst einen Rundgang durchs Haus zu machen. Ich begann mit der Küche. Es war, als sei Tante Rike nur mal eben ins Nachbardorf oder nach Niedersanden zum Markt gefahren, so atmete das Haus noch ihren Geist, waren ihre Gewohnheiten und Marotten noch an allen Ecken und Enden zu spüren. Die Wäscheklammern, mit denen sie, seit ich denken kann, offene Tüten verschloss, die sorgfältig beschrifteten Gläser und Dosen mit Mehl, Zucker, Reis, Nudeln. Ihr überquellendes Gewürzkästchen, in dem deutsche, italienische, indische Aromen sich auf engstem Raum miteinander vertrugen. Und auf dem großen Brett über der Arbeitsfläche und dem Spülbecken alles, was sie ständig brauchte: Sonnenblumen-, Nuss-, Kürbiskern- und Olivenöl, Apfelessig und Balsamico und was sie noch alles da versammelt hatte. Ich stand davor und sah Rike vor mir, und während sie mit einer typischen Handbewegung die schwarze Bistroschürze umband, segelte ein Lorbeerblatt aus dem Sträußchen nieder, das sie zwischen die Wacholderbeeren und das Paprikapulver geklemmt hatte. Das Blatt landete im Spülbecken, ich nahm es heraus, roch daran und bedankte mich für den Gruß, den die Tante mir geschickt hatte.

»Liebe Rike«, sagte ich und blies einen Handkuss Richtung Himmel, »du warst, im Gegensatz zu meiner Mutter, deiner Schwester, eine begnadete Köchin, die beste, dich ich kannte. Weit gereist wie du warst, musstest du uns Banausen von der einen oder anderen Kombination erst überzeugen und uns anderes austreiben, zum Beispiel die deutsche Angewohnheit, über die Pasta mit Fisch oder Meeresfrüchten auch noch Parmesan zu streuen. ›Unmöglich‹, riefst du, ›gut, dass das kein Italiener sieht, was ihr hier macht!‹«

Der dicke Kühlschrank mit den rundlichen Formen, Retro-Modell, grasgrün, war abgestellt, der Inhalt ausgeräumt. Irgendeine ordentliche Seele hatte dafür gesorgt, dass die Reste nicht vergammelten. Oh je, ich muss dringend die Vorratskammer durchforsten, dachte ich, als ich den Kühlschrank wieder anstellte, und schauen, was weg muss. Da hat sicher niemand nachgesehen. Das Aufräumen der Vorratskammer war Tante Rike nämlich immer verhasst gewesen. Sie stellte einfach die neuen Sachen hinein, ohne die alten auszusortieren. Papa ging früher manchmal mit einem großen Müllsack hinein und sortierte alles aus, was schon Schimmel angesetzt hatte oder dem aufgedruckten Datum nach schon seit Jahren abgelaufen war. »Ein bisschen Schimmel hat nun auch noch niemanden umgebracht«, pflegte Rike dazu nur zu bemerken.

Aber eins nach dem andern. Ich hatte ja noch nicht mal gefrühstückt! Ich kochte Tee, setzte mich an den Esstisch und aß vom Blechkuchen, sanft umweht, denn ich hatte alle Fenster und Türen weit geöffnet, um gründlich durchzulüften.

Tante Rikes Schlafzimmer war unverändert. Der alte Spiegelschrank, der Biedermeierschreibtisch aus Kirschbaumholz mit dem zierlichen Stuhl davor, das Bücherregal, der Lesesessel – alles war so, wie ich es kannte. Ihr breites Bett passte genau in die Abmessungen des Zimmers, über ein kleines Holzpodest bestieg man es und war von drei Seiten her behütet und geschützt. Auf dem berühmten Holzschnitt von Félix Vallotton, den sie über dem Bett aufgehängt hatte, spielte eine nackte Frau, träge und entspannt auf ihrem Bett liegend, mit ihrer Katze, die vom Boden aus die Pfote nach ihr ausstreckte. Und nachts, dachte ich, konnte sie wohl den Mond an dem Fensterchen vorbeiwandern sehen, das nahe dem Kopfkissen die Mauerwand durchbrach. Ich ging hinaus, schnitt eine weiße Rose im Garten ab und stellte sie auf Tante Rikes Schreibtisch.

Da waren wir alle! Auf einem Foto vereint! Es lehnte ungerahmt mit leicht lädierten Ecken an dem Kerzenständer aus Messing, in dem noch eine halb abgebrannte Haushaltskerze steckte, wie Rike sie immer im Laden verkauft hatte. Für den Fall, dass mal der Strom ausfiel. Oder für romantische Momente. Auf dem Bild ist noch die Oma drauf, die den Laden vor Tante Rike geführt hatte. Sie trägt da einen Dutt, wie man sich das vorstellt, und ein blau-weiß geblümtes Kleid (Streublümchen!) mit kurzen Ärmeln und darüber eine Schürze, wie man sich das ebenfalls für eine Oma aus alten Zeiten so denkt. Sie hat runde Arme und einen runden Busen. Links von ihr Rike, rechts von ihr meine Mutter. Die Schwestern sind sich nicht besonders ähnlich. Rike, groß und kräftig, wohl proportioniert, die blonden Haare nachlässig aufgesteckt, hat den Kopf leicht zurückgeworfen und lacht aus vollem Hals. Charlotte, meine Mutter, etwas kleiner und zierlicher, zieht kritisch die Nase kraus. Sie ist dunkelhaarig wie ich, oder besser ich wie sie: kastanienbraun. Mein Vater, schlank, mit dichtlockigem, dunklem Haar, liegt in voller Länge vor den drei Frauen auf dem Gras und stützt sich auf den einen Ellbogen auf. Er blickt in die Kamera und greift mit der freien Hand nach mir. Ich bin vielleicht sechs, und dabei, aus dem Bild wegzurennen. Mein Vater hat gerade noch den Zipfel meines Kleides erwischt und hält mich daran fest.

Wieso Tante Rike trotz des Bruchs mit meiner Mutter wohl ausgerechnet dieses Bild auf ihrem Schreibtisch stehen hatte? Ich hätte sie gern danach gefragt. Die Schwestern konnten mir keine Auskunft mehr geben, beide nicht. Ich hätte schon viel eher nach dem Grund des Zerwürfnisses fragen sollen, schon vor Jahren, als meine Mutter noch lebte. Dass man immer versäumt, rechtzeitig die wichtigen Fragen zu stellen! Vielleicht wusste mein Vater mehr über die Beziehung der beiden zueinander? Es wurde sowieso Zeit, dass ich ihn wieder mal besuchte. Er musste doch mindestens so viele Erinnerungen an Nordhült haben wie ich.

Obwohl ich nicht recht sagen konnte, warum, hatte mich das Foto traurig gemacht. Vielleicht, weil Papa und ich die Einzigen waren, die noch lebten von all denen, die auf dem Bild vereint sind.

Plötzlich sank mir das Herz in die Magengrube. Ich hatte einen ganzen kleinen Kosmos geerbt, von einem Menschen, der mir einmal nahe gewesen war, den ich viele Jahre nicht mehr gesehen und der mit meinem jetzigen Leben nichts mehr zu tun hatte. Was sollte ich mit alldem machen? Wie Haus, Laden und Garten instand halten? So weit weg von zu Hause?

An wen andernfalls pietätlos verkaufen, was Tante Rikes Welt gewesen war? Leo interessierte sich wenig dafür, was ich hier im Norden, den er gar nicht kannte, geerbt hatte. Und ich hatte meinen Beruf, war viel beschäftigt, eingespannt in Terminabläufe, die ich nicht selbst bestimmte. Ich war eine Stadtpflanze, trotz der schönen Sommer, die ich hier verlebt hatte, war es seit eh und je gewesen, wie meine Eltern auch.

Donnerwetter, jetzt hört's aber auf, dachte ich ein paar Augenblicke später. So weit kommt es, dass du dich noch dafür bemitleidest, dass du ein wunderschönes Fleckchen Erde geerbt hast, Nina! Ich stand auf, schloss die Tür zu Rikes Zimmer und ging weiter in die »gute Stube«, in der sich nach Omas Tod so gut wie gar nichts mehr abgespielt hatte. Als Friederike nach Nordhült kam, zog die Oma mit ihrem Bett in die Stube und überließ Rike ihr vormaliges Zimmer. Mein Schlafplatz war das Sofa, und Oma erzählte mir allerlei Geschichten aus ihrer Jugend, wenn wir beide am Morgen aufwachten. Omas Bett war natürlich schon lange verschwunden, sie starb bald, nachdem das Foto aufgenommen wurde. Ich war damals, bei ihrem Tod, jedenfalls noch keine sieben Jahre alt gewesen. Aber das geschwungene alte Sofa stand noch da mit seinem etwas undefinierbaren, angeschmuddelten plüschigen Blümchenmuster. Echt unbequem zum Schlafen, aber wenn ich maulte, sagte Tante Rike: »Du bist eben eine Prinzessin auf der Erbse. Einer echten Prinzessin ist jedes bürgerliche Bett zu hart.«

»Aber mein Bett zu Hause ist bequem!«, hielt ich dagegen.

»Das denkst du nur«, sagte Tante Rike. »Wenn ihr wieder zu Hause seid, wird dir dein Bett dort gar nicht mehr gefallen. Weil es nirgendwo so schön ist wie in Nordhült, auch wenn das Sofa alt und unbequem ist.«

Und da hatte sie natürlich recht, vor allem, wenn ich daran dachte, dass es zu Hause keinen Malte gab, mit dem ich spielen konnte.

Um die Vorratskammer machte ich erst mal einen Bogen, dehnte und reckte mich faul und unschlüssig wie eine Katze und ging in den Garten. Als wäre ich tatsächlich eine Katze, stob schimpfend eine Gruppe von Spatzen davon. Apropos Katzen. Hatte Rike nicht auch eine Katze gehabt? Sie liebte Katzen, und ich erinnerte mich noch sehr gut an Tiger und Mäuschen, das ungleiche Gespann, das in meiner Kindheit hier die Gegend unsicher gemacht hatte. Ach, der majestätische Tiger! Er war der Boss und hatte schnell begriffen, dass nicht nur Mäuschen, die kleine weiße Mieze, sondern auch Rike ihm ergeben diente. Tiger und Mäuschen konnten nach menschlichem Ermessen nicht mehr leben, selbst wenn Katzen sieben Leben haben, und bis jetzt war noch keine Katze hier aufgetaucht. Aber ein Haus auf dem Land ohne Katze – undenkbar. Wahrscheinlich hatte sich nach Tante Rikes Tod jemand um das Tier gekümmert. Aber würde dieser Jemand es auch behalten wollen? Ich sah schon Leos Gesicht vor mir, wenn ich in Begleitung zurückkäme. »Wir sind jetzt zu dritt«, könnte ich zum Beispiel sagen, wenn es mir darum ginge, in erschreckte Augen zu blicken. Kinder und Haustiere, das war nichts für Leo, und ich war eigentlich schon zu alt, um noch daran zu glauben, dass man den eigenen Mann ändern kann. Na ja, so alt bin ich nun auch wieder nicht.

Die Morgenbrise blies mir den Gedanken aus dem Kopf. Grübeln am Morgen schadet der Leber, und das übte ich doch immer im Yoga: dass man die Gedanken vorbeisegeln lassen soll wie Wolken am Himmel. Ich hielt mein Gesicht dem Sommerlüftchen entgegen und atmete tief ein. Wie würzig und frisch die Luft war! Wie offen für alles die Welt! Manchmal, ganz selten, kriegt man auch in der Stadt eine Ahnung davon, wenn man sehr früh am Morgen die Fenster öffnet und zuvor der Regen Straßen, Häuser und Bäume gründlich abgewaschen hat. Der Wind fächelte mir den lieblichen Duft der Heckenrosen zu, Grashalme kitzelten mich zwischen den Zehen. Der Rasen vor dem Haus, noch im Schatten und feucht vom Morgentau, war länger nicht gemäht worden, und in alter Gewohnheit hatte ich die Sandalen abgestreift und stand mit nackten Füßen da.

Wie oft hatte ich als Kind so den neuen Ferientag begrüßt, der lange, lange kein Ende nehmen würde, genau wie all die Ferientage davor und danach. Erwachsene jauchzen nicht, aber eigentlich war es zum Jauchzen schön. Ich sah mich nach allen Seiten um. Nichts und niemand war zu sehen. Ich öffnete den Mund – und schloss ihn wieder. Ging nicht, das Jauchzen wird einem im Lauf des Lebens abgewöhnt. Mein Mund blieb zu, aber mein Herz öffnete sich trotzdem weit. Ich ging zur Rosenhecke, die Tante Rikes Grundstück umgab, und steckte die Nase in eine der rosafarbenen Blüten. Eine dicke pelzige Hummel taumelte heran und ließ sich genau in der Blüte nieder, aus der ich gerade meine Nase zog.

Die Remise war unverändert. Zuerst hatte Opa seine Werkstatt dort, dann hatte Oma nach seinem ziemlich frühen Tod (er starb, bevor ich auf der Welt war) den Laden darin eingerichtet, und Tante Rike hatte baulich nichts verändert, als sie ihn übernahm. Einen Supermarkt wollte sie in Nordhült nicht aufmachen, wie man sich denken kann. Wäre wohl auch nicht der richtige Standort gewesen bei fünfhundertfünfzig Einwohnern, tausend Kühen und ein paar Pferden. Wenn wir die Hühner mal draußen vor lassen. Geld für große Investitionen hatte sie sowieso nicht, nach ihrem Indienabenteuer. Das ganze Kapital ging in die Warenvorräte.

Vorsichtig schloss ich die Holztür auf und klappte die beiden Flügel auseinander. Auch die Innentür war abgeschlossen. Ich suchte eine Weile nach dem richtigen Schlüssel, öffnete auch diese Tür, und dann war ich plötzlich wieder die kleine Nina, die in Tante Rikes Laden stand, als habe das Paradies mit dem leisen Bimmeln der Ladenglocke seine Pforten geöffnet. Dazu muss man wissen, dass ich zu meinem fünften Geburtstag einen Kaufmannsladen bekam, mit lauter winzigen Dosen und Schachteln, die den wirklichen Dosen und Schachteln, die meine Mutter einkaufte, aufs Haar glichen. Da gab es Nesquick und Ovomaltine, Pfanni-Kartoffelknödel und Salz, Waschpulver und Seife und Körbe mit Marzipankarotten und -kartoffeln, eine Liliput-Kasse, winzige Geldscheine und Plastikmünzen. Der Laden war mein ganzes Glück. Und nun stelle man sich vor, die Tür öffnet sich und man steht in Tante Rikes Reich, einem Kaufmannsladen hoch drei. Was sage ich, hoch zehn! Bei uns zu

Hause in der Stadt waren die Tante-Emma-Läden verschwunden oder in schicke *Comestible*-Geschäfte umgewandelt worden, wo es wohl Delikatessen wie Brie mit schwarzem Trüffel, Entenleber mit Madeira und Mangos und Papaya, aber natürlich keine Kernseife aus Marseille mehr gab. Keine Streichhölzer und Haushaltskerzen, keine Penaten-Creme für den wunden Kinderpopo, Pflaster für den kleinen Zeh, Abfallsäcke, Frischhaltefolie und Toilettenpapier, und natürlich Tee und Kaffee, Mehl und Zucker, Puddingpulver und Backhefe, Butter und Quark, Senf und saure Gurken, Bonbons, die wie Glas zersprangen, wenn man daraufbiss, und Schokolade.

Das alles führte Tante Rike – und noch viel mehr. Gemüse, Obst und Eier brauchte sie nicht, das wuchs in den Nordhülter Gärten oder wurde von den Haushühnern geliefert, die fast jeder hatte, aber ein paar Dosen Bier oder eine Flasche Wein gingen schon mal weg, wenn jemand nicht mehr den Nerv hatte, zum Supermarkt nach Obersanden zu fahren. Der Mensch ist ja vergesslich, vor allem, wenn er älter wird, und die meisten Nordhülter waren eher ältere Semester. Und dann war eben Rike da, für alle Fälle. Am wichtigsten für uns Kinder – wirklich! Da stand sie noch! – war die altgediente Eistruhe von Langnese, die manchmal plötzlich, wie von Geisterhand berührt, zu brummen und zu zittern anfing. Von Stromaggregaten wussten wir damals noch nichts. Jetzt war kein Laut zu hören.

Ich öffnete den Deckel. Die Truhe war ein kühles Plastikgrab. Leer und dunkel. Abgestellt. Kein Bild konnte mir deutlicher machen, dass Tante Rike nicht mehr da war. Denn neben dem Eis, das wir mit langen Armen und leisem Frösteln aus der Tiefe zogen, fror die Tante dort so allerhand ein, was sie im Garten geerntet und in Beutel abgepackt für später eingefroren hatte: grüne Bohnen, Pflaumen, Kirschen und auch mal Sauerfleisch, das über geblieben war.

Opas Werkstatt war nicht groß gewesen, und so war es auch der Laden nicht. Die Holzregale waren immer vollgestopft, und eine Ecke, die mich damals besonders faszinierte, quoll über von Gewürzen, die Rike den Nordhültern vergeblich näherzubringen versuchte: Curry und Kardamom, Garam Masala, Chili, Sternanis, Fenchelsamen, aber auch Sojasauce, Tabasco und Worcestersauce. All die Fläschchen, Döschen und Säckchen, für die sich hier niemand erwärmen konnte, hatten mit der Zeit ordentlich Staub angesetzt, genauso wie die Kette aus Chilischoten, die Rike als Dekoration aufgehängt hatte. Abstauben war nicht ihre Sache, aber manchmal holte sie sich aus dieser Ecke, was sie selbst zum Kochen für sich brauchte, denn sie schwor auf ihre indischen Kocherfahrungen und frönte den würzigen Currys, wenn auch, zu ihrem Leidwesen, meist allein.

Auch davon fand sich manchmal ein eingefrorener Rest in der Eistruhe, die ich gerade zuklappte, als das Glöckchen an der Ladentür bimmelte und eine alte Frau eintrat. Das Gesicht erkannte ich vage wieder, ohne es doch in meiner Erinnerung gleich mit einem Namen zusammenbringen zu können. Die Menschen bleiben zwar immer die gleichen, trotz großmundig verkündeter und vielleicht auch über Jahre sogar durchgeführter Arbeiten am eigenen Selbst (auch fachkundige Begleitung durch Therapeuten bringt meist nur graduelle Unterschiede zustande), aber am Äußeren gehen zwanzig Jahre denn doch nicht spurlos vorbei. Und an unserem Gedächtnis auch nicht, jedenfalls bei mir.

»Moin, moin. Das ist ja schön, dass der Laden nu wieder auf hat! Wenn mich nicht alles täuscht, min Deern, bist du Rikes Nina!«

Da war ich nun wirklich baff. »Guten Morgen. Ich, der Laden …«, stotterte ich, »ja, ich bin Nina, aber der Laden, der ist nicht offen …«

»Na, denn lass dich mal von der alten Gesche umarmen …«

Die alte Gesche, natürlich! Sie war Rikes Nachbarin, die Gärten der beiden grenzten aneinander, und Gesche, schon als junge Frau verwitwet, schlug sich mit Witwenrente und Selbstversorgung so halbwegs durch. Samstags ging sie auf den Markt nach Niedersanden, einer der Bauern nahm sie mit dem Wagen mit, da hatte sie einen winzigen Stand, wo sie im Sommer frische Beeren und Salat und im Winter Marmelade und anderes Eingemachte verkaufte. So war es jedenfalls in meiner Kindheit gewesen.

Gesche schloss mich in ihre spiddeligen Arme und drückte mich an ihren flachen Busen. Ich hatte sie nie anders als in schwarzen Kleidern und darüber gebundener Schürze gesehen. Offenbar hatte sie sich so an das Schwarz gewöhnt, dass sie sich Farben am eigenen Körper gar nicht mehr vorstellen konnte. Ihre Latzschürzen waren auf dem Rücken über Kreuz gebunden, aber nie hatte ich gewagt, die Frage zu stellen, wie man das blind hinter dem Rücken hinbekommt. Gesche also drückte mich an ihr Herz.

»Nein, deine Tante aber auch! Die arme Rike! So jung zu sterben. Da wär ich doch wirklich zuerst dran gewesen. Es muss ihr was auf das Herz gedrückt haben! Man weiß ja so wenig vom andern, auch wenn man Jahre nebeneinander lebt. Sie ist ja mal in Indien gewesen. Hat sich vielleicht dort irgendwas aufgelesen, was sie jetzt umgebracht hat … Ich hab schon immer gesagt, wir sind nicht gemacht für diese exotischen Länder. Aber lass dich anschauen, Nina, Mädchen, du hast dich ja so lange nicht hier blicken lassen. Das hat der Rike auch zu schaffen gemacht, das muss ich schon sagen.«

Oh je. Das Dorf sieht alles, auch wenn es nicht alles weiß. Fünfhundertfünfzig Einwohner, das sind eintausendeinhundert Augen und hunderttausend Mutmaßungen. Mir schauderte.

»Aber nun bist du ja da und kannst nach dem Rechten sehen. Das ist auch nötig. Die Rike war in den letzten Jahren nicht mehr die Alte. Der Laden lief nicht mehr so. Ich hab mich, als sie tot war, um das Gröbste gekümmert, Kühlschrank ausgeräumt, Truhe abgestellt …« Sie deutete mit einer Kopfbewegung auf die Eistruhe. »Und was da alles drin verdorben wäre. Da hatte sie noch eingefrorene Zwetschgen vom letzten Jahr drin. Die hab ich zu Pflaumenmus gekocht. Ich hoffe, das ist dir recht. Hat ja gedauert, bis man dich gefunden hat.« Sie ließ die hellen Augen flink durch den Laden schweifen. »Aber nu muss das alles hier ja man wieder auf Stand gebracht werden! Schön, dass du den Laden gleich aufgemacht hast.« Ich versuchte vergeblich, zu widersprechen. Gesche fuhr schon fort: »Du hast doch sicher noch Gelierzucker da, den hatte Rike immer im Sommer vorrätig. Kannst mir gleich mal ein paar Kilo geben, die Himbeeren sind diese Tage reif.«

Mir wurde ganz schwindlig. »Gesche«, sagte ich, »der Laden ist nicht offen. Ich bin gestern Abend angekommen und mache nur mal so den ersten, allerersten Rundgang. Ich weiß noch gar nicht, was werden soll.«

»Das mag sein. Aber ob nun offen ist oder nicht, wenn schon Gelierzucker da ist, kannst du ihn auch verkaufen. Was willst du denn sonst damit machen? Rike hat übrigens auch Himbeeren hinterm Haus. Die müssten bald mal ab vom Strauch, ihre sind immer ein paar Tage später reif, aber wirklich nur ein paar Tage. Ich bin manches Mal neidisch gewesen, wie viel sie erntet. Nur muss das ja dann alles gleich verarbeitet werden. Sind ja so empfindlich, die Himbeeren, zweimal angeguckt und sie sind hin.«

Ich fahre ab, dachte ich verzweifelt, heute noch fahre ich ab und begehe Fahnenflucht. Gesche steuerte das Regal hinter der Theke an.

»Ich glaube, hier hatte sie den Zucker irgendwo. Und sonst könntest du mal im kleinen Raum da hinten nachsehen, das war ihr Lager. Aber stoß dir nicht den Kopf, das ist sehr niedrig da … Was sage ich? Hier isser doch.« Sie holte die Zuckerpackungen vom Regal und deponierte sie auf der Theke. »Vier Kilo, na, das reicht nicht über den Sommer, da musst du nachbestellen.«

Mir brach der Schweiß aus.

»Die meisten im Dorf«, fuhr Gesche unbeeindruckt fort, »fahren natürlich mit dem Auto einkaufen und laden alles in Obersanden vom Einkaufswagen direkt in den Kofferraum, aber es gibt ja immer noch ein paar Alte wie mich, die haben kein Auto. Und gerade Gelierzucker, den hat man nun nicht immer grad da, auch wenn man mit dem großen Einkaufszettel nach Obersanden gefahren ist.« Sie unterbrach sich und kramte ihr Portemonnaie aus der Schürzentasche. Ihre wasserblauen Augen sahen mich prüfend, aber nicht unfreundlich an. »Genug gesabbelt, du hast ja sicher noch einiges vor heute.« Und weniger streng setzte sie noch hinzu: »Musst mich einfach unterbrechen, min Deern, wenn es dir zu viel wird. Ich bin nun mal eine alte Sabbelstrippe. Das kommt davon, wenn man so viel allein is. Da will man auch mal was loswerden und nicht immer nur mit sich selber reden. Und was kriegst du jetzt von mir?«

Die Kasse war natürlich abgeschlossen. Den Schlüssel hatte ich nicht, jedenfalls nicht an dem Schlüsselbund, den Malte mir gegeben hatte.

»Dann schreib es mal an, Nina, bis alles hier rund läuft.« Gesche stapelte den Gelierzucker aufeinander und in ihre Arme. »Vier Kilo für Gesche. Das ist ja leicht zu merken.« Ich nickte. »Und komm ruhig zum Tee rüber, wenn du Lust hast!« Damit ging sie, und die Ladentür beklingelte leise ihren Abgang.

Hilfe! Einen Stuhl! Aber im Laden sah ich keinen. Darum ließ ich mich draußen erst mal ins Gras fallen. Es ist einfach zu viel, ein Haus, einen Garten, in dem die Himbeeren reif sind, und einen Laden gleichzeitig zu erben. Wenigstens für mich.

Es war erst zehn Uhr morgens. Das war erstaunlich, wenn ich bedachte, wie ich mich fühlte. Aber es war auch gut. Denn wie sollte ich mit all den Herausforderungen fertig werden, wenn die Zeit so schnell verging wie in meinem normalen Alltag? Die Tage mussten so endlos lang werden, wie sie früher für mich gewesen waren, sonst würde ich hier kläglich scheitern. Oder gleich wieder abreisen und das Erbe ausschlagen.

Das kann man nämlich auch, rief ich mir in Erinnerung. Leo hatte mich gleich darauf hingewiesen. »Wie oft willst du denn da hoch fahren?«, hatte er gefragt, als die Nachricht von Rikes Tod und meinem Erbe kam. »In den Ferien fahren wir doch immer nach Sardinien. Eigentlich spielen wir, wie du weißt, ja mit dem Gedanken, uns dort ein Häuschen zuzulegen, am Meer.«

Leo liebte den Süden, die Hitze, das Azurblau und in Sardinien das Smaragdgrün des Wassers. Er träumte davon, einen kleinen Olivenhain zu bearbeiten und eigenes Olivenöl zu pressen. Den Rebberg hatte er sich allerdings schon abgeschminkt, den muss man das ganze Jahr über pflegen. Leo mochte keinen Wind, kein kaltes Wasser, keine stürmischen Himmel und kein Bier.

»Da oben, das Haus«, sagte er, »das muss doch bewohnt werden. In Häusern muss man leben, sonst bröckeln sie vor sich hin, da muss man immer was dran machen.«

»Das muss man in Sardinien auch«, hatte ich zu bedenken gegeben.

»Aber bei schönem Wetter bastelt und mauert es sich besser als bei schlechtem. Im Süden muss man auch keinen Rasen mähen, steiniges Gelände, verstehst du? Man stellt ein paar schöne Blumentöpfe auf die Veranda, und damit hat es sich. Etwas wilden Wein, eine Bougainvillea, fertig.«

Meinetwegen, er mochte recht haben, aber jetzt war ich hier. Und das verlangte mir einiges ab. Als Erstes musste ich klarmachen, dass der Laden geschlossen war, und also die Türen unmissverständlich wieder verrammeln. Dann wollte ich den Bürgermeister besuchen und mich bei ihm genauer über die Situation informieren. Was war von seiner Seite aus noch an Formalitäten zu erledigen? Hatte Rike ein Auto gehabt? Das war anzunehmen, mit dem Bus kam man hier wahrscheinlich höchstens ein-, zweimal am Tag weg, wenn überhaupt. Und wo war dann das Auto? Ich ging zum Garten- und Geräteschuppen. Er war verschlossen. Aber an meinem Schlüsselbund fand ich den passenden Schlüssel. Zwei Fahrräder fanden sich da, schwarz, mit holländischem Lenker. Sie schienen gut in Stand und regelmäßig benutzt worden zu sein. Ein Rasenmäher stand im Schuppen, Harken, Spaten, Reisigbesen, Eimer, eine Werkzeugkiste und manches andere.

Fürs Erste würde ich mit dem Fahrrad über die Runden kommen. Wie lange war ich nicht mehr Fahrrad gefahren! Leo und ich wohnten an einem Hang, rundherum war es hügelig zum Sich-zu-Tode-Trampeln, und in der Stadt hatte ich Angst vor dem Verkehr. Aber hier … Ich nahm eines der Räder aus dem Schuppen. Jawohl! Ich würde mit dem Rad zum Bürgermeister fahren, der am anderen Ende des Dorfes wohnte. Aber vorher wollte ich erst mal die Himbeeren in Augenschein nehmen, Gesche hatte mir ganz schön eingeheizt. Und ich musste in Rikes Schreibtisch nachsehen, ob da nicht die Schlüssel für die Ladenkasse verwahrt waren. Außerdem, meine Gedanken schweiften in die Zukunft, musste man eine Warenbestandsaufnahme machen. Das Wort schon! Ein echtes Fremdwort für mich! Und wie sollte ich mir die Waren vom Hals schaffen? Länger als zwei Wochen konnte ich nicht freimachen, bis dahin musste das Wichtigste geregelt sein.

»Erst mal die Himbeeren«, sagte ich halblaut, um mich auf den Weg der kleinen Schritte zurückzubringen.

»Gute Idee!«, brummelte es hinter mir, und mein Herz hüpfte ein bisschen. Es war Malte.

»Hast du gut geschlafen so ganz allein in deinem neuen Haus?«, fragte er und gab mir einen flüchtigen Kuss. Es entfuhr mir ein Seufzer, der sich auf vieles bezog.

»Ja. Und ich hatte auch schon Kundschaft im Laden. Die alte Gesche«, antwortete ich.

Er lachte. »Na, siehst du! Wenn du willst, kannst du ein ganz neues Leben anfangen. Hier und sofort. Das wünschen sich viele und können wenige.«

Ich schnitt eine Grimasse. »Gesche hat mich mit der Bestellung von Gelierzucker beauftragt und mir aufgetragen, nach den Himbeeren zu sehen.« Merkwürdig, ich war versucht, nach seiner Hand zu greifen und ihn hinter das Haus zu ziehen, wo die Himbeersträucher standen. Wie damals, wenn wir genug von den anderen hatten und uns davonschlichen, nur wir zwei, zum Viehteich oder zur »Höhe«. Wir liefen barfuß die paar Meter den sandigen Weg hinauf zum »Aussichtspunkt«, wo unter einer Eiche eine Bank für die Spaziergänger aufgestellt worden war, von der aus man, so lächerlich die Höhe war, weit über die Felder blicken konnte. Da erzählten wir uns unsere Kümmernisse und Träume und was wir werden wollten, später mal. Ich wollte was mit Büchern zu tun haben, immer schon, Malte wollte das Meer erforschen. Sein Großvater war zur See gefahren, aber Maltes Vater hatte gründlich genug davon und kehrte dem Meer den Rücken. Er war Dachdecker und hatte sich auf Reetdächer spezialisiert. Malte zog es wieder zum Meer hin. Ob er seinen Traum wahr gemacht hatte?

Wir standen vor Tante Rikes Himbeeren. Malte war einen knappen Kopf größer als ich. Seine Augen waren von undefinierbarer Farbe, mal graugrün, dann wieder bräunlich wie das nördliche Meer unter dem wolkigen Himmel. Die Wimpern dicht und dunkler als die Haare, dieses weiche, strubbelige Fell, das sich überhaupt nicht verändert hatte. Die Himbeeren wurden schon rot, konnten aber noch ein paar Tage hängen. Wir steckten uns jeder eine in den Mund.

»Zeig mal deine Zunge«, sagte Malte. Ich streckte sie heraus. »Nee, die sind noch nicht.« Ich zog die

Zunge zurück. Der feuchte rote Samt, der die Zunge färbte, fehlte noch.

Malte war der erste Junge, der mich küsste. Ich wartete ewig darauf. Gelegenheiten gab es genug. Ich hätte den Anfang machen können, aber dazu war ich zu stolz. Das musste von ihm kommen. Vielleicht hätte er mich sonst einfach nur peinlich gefunden. Vielleicht war ich ja nur sein bester Freund. Auf der »Höhe« wäre es romantisch gewesen, fand ich, aber es passierte dann am Viehteich. Der lag in einem Wäldchen, und der Weg, der um den See herumführte, war uneben und nach dem Regen immer mächtig matschig. Wir fuhren da immer mit dem Rad lang, man holperte über Baumwurzeln und Steine. Einmal flog ich hin. Ich hatte mir das Knie an einem Stein aufgeschlagen. Er stieg vom Fahrrad, kam zu mir und sagte: »Zeig mal!« Ich hob das Knie. Er kauerte sich vor mich hin, um den Kratzer zu begutachten. »Nicht so schlimm«, meinte er, wischte mit der Hand den Dreck ab und drückte einen vorsichtigen Kuss auf das Knie. Er stand auf und sah mich unsicher an.

Ich legte die Arme um seinen Hals, das war ja wohl ein klares Zeichen, aber er sagte nur: »Nee, tragen muss ich dich nicht, du kannst schon noch fahren mit dem Knie!« Aber dann traute er sich doch und küsste mich auf den Mund. Himbeeren sind nichts dagegen, und ohne dass ich es wollte, musste ich gerade eben an diesen ersten unschuldigen Kuss denken.

»Du hast ja das Fahrrad rausgeholt«, sagte Malte da, »wolltest du eine Runde fahren? Einmal um den Viehteich? Zum Angewöhnen?« Ich schüttelte den Kopf. »Ich wollte zum Bürgermeister heute. Ich hab doch keine Ahnung, was nun alles ansteht, und noch weniger, was ich mit dem Haus und dem Laden anfangen soll. Ich wohne neunhundert Kilometer von hier entfernt und bin berufstätig. Ich weiß nicht mal, ob es Sinn macht, das Haus zu behalten.«

Malte wiegte den Kopf hin und her. »Ja. Schwierig. Bisschen weit fürs Wochenende. Da wirst du nicht so oft herkommen können. Ich kann dich zum Bürgermeister mitnehmen, wenn du willst, ich muss jetzt nach Kiel zurück.« Er fragte mich nicht nach meinem Beruf und auch nicht, wie und wo ich lebte und ob ich mit jemandem zusammen war. Hieß das, dass er seinerseits nichts gefragt werden wollte?

Er sah mich an. »Was ist? Kommst du nun mit?«

»Ja, ich komm gern mit. Ich weiß nicht mal, ob ich Niebecks Hof noch auf Anhieb finden würde. Er lebt doch noch im gleichen Haus?«

»Klar. So schnell ändern sich hier die Dinge nicht. Er hat immer noch den Pferdehof, wo Leute ihr Pferd einstellen können. Eigene Pferde hat er nur noch wenige. Daneben züchtet er Hunde, Jagdhunde, das tat er damals noch nicht, oder? Er verdient ganz gut was nebenbei damit.«

Ich verrammelte den Laden, holte meine Handtasche aus dem Haus und stellte das Fahrrad in den Schuppen zurück. Malte beobachtete mich von der Seite, sagte aber nichts. Während der kurzen Fahrt zu Niebecks Hof kämpfte ich heftig mit mir. Ich hätte so gern mehr darüber gewusst, was Malte machte, wie er lebte, und, ja, ich hätte ihn gern wiedergesehen, während ich hier war. Aber ich traute mich nicht, ihn einfach auszufragen. Er schien nicht über Persönliches reden zu wollen. Also schwieg ich, und Malte schwieg auch. Vor Niebecks Hof hielt er an und ließ mich aussteigen.

»Tschüs«, sagte ich, »danke, dass du mich mitgenommen hast.«

»Gern geschehen. Lass es dir gutgehen und viel Glück.« Er startete den Motor.

»Malte«, rief ich ins offene Wagenfenster hinein, »ich hab mich wirklich gefreut, dich wiederzusehen!«

»Ich mich auch«, antwortete er und gab Gas.

4

Hans Niebeck war schon Bürgermeister von Nordhült gewesen, als ich ein Kind war, also sagen wir mal inzwischen an die dreißig Jahre. Sein Hof war der größte in Nordhült, und Pferde hatte er schon immer gehabt. Passionierte Reiter aus der ganzen Gegend stellten ihre Tiere bei ihm ein, er hatte auch immer schon ein, zwei Angestellte gehabt, die in den Ställen halfen. Das imposante Backsteinhaus mit dem Fachwerk und den weiß gestrichenen Fensterrahmen und Türen sah frisch renoviert aus; bei Niebeck schien alles gut zu laufen. Rikes Haus lag am Ausgang des Dorfes, Niebecks Hof ziemlich genau am anderen Ende; man sah Haus und Ställe gleich, wenn man die Ortstafel Nordhült passiert hatte. Niebeck hatte viel Land, das wusste ich von Rike, und war der reichste Mann im Dorf.

Ich klingelte an der schön lackierten Haustür. Es dauerte, bis sich im Haus etwas regte, dann öffnete eine schlanke Frau um die sechzig mit so weißblondem Haar, dass man schwer unterscheiden konnte, ob sie nun noch blond oder schon weiß war. Das musste Niebecks Frau sein.

»Guten Tag, ich bin Nina Mathis, Rike Feddersens Nichte«, sagte ich artig.

»Ah, natürlich!«, entgegnete die Frau. »Ich bin Wiebke, kennen Sie mich noch? Kommen Sie rein, mein Mann hat mir erzählt, dass Sie kommen wollten. Es tut ihm leid, dass er Sie gestern nicht abholen konnte.« Wir traten in die riesige Diele. »Hans ist im Stall bei den Pferden. Ich hole ihn. Möchten Sie einen Kaffee?«

Ja, wollte ich, danke schön, und dann saß ich etwas beklommen in Niebecks Wohnzimmer, in dem alles so blitzblank und aufgeräumt war, dass die Staubkörner sich vermutlich ängstlich hüteten, sich irgendwo niederzulassen. An den Fenstern waren weiße, fein gehäkelte halbe Vorhänge angebracht, die den oberen Teil der Fenster freiließen. Auch die schienen frisch geputzt. Vom Stall her wieherte es, aber die meisten Pferde waren wohl draußen auf der Weide. Eine junge Frau brachte den Kaffee.

»Hallo«, sagte sie, »ich bin Julia.«

»Nina«, sagte ich, und Julia ergänzte gleich: »Ich mache ein Praktikum hier. Über den Sommer. Ich liebe Pferde.« Sie lächelte, und ich lächelte zurück. »Ich helfe aber auch im Haus mit«, sagte sie bedeutungsvoll, und ich schloss daraus, dass Niebecks sie ziemlich beanspruchten.

Niebeck kam, begrüßte mich und führte mich in sein Büro.

»Ist das Fohlen auf der Welt?«, fragte ich.

»Ja, alles gut gegangen. Gott sei Dank. Eine aufregende Sache, so eine Pferdegeburt, zumal bei einem Rassepferd, dessen Besitzer nervöser ist als die fohlende Stute. Ich hoffe, Malte war pünktlich am Bahnhof und hat Sie gut ins Haus gebracht.«

»Klar«, sagte ich. »Es ist schön, wieder mal hier zu sein, auch wenn der Anlass traurig ist. Haben Sie Zeit oder soll ich ein andermal vorbeikommen? Ich möchte natürlich gern mehr wissen über meine Tante, ihren Tod und die ganze Situation.«

Niebeck sah auf die Uhr. »Schon fast Mittag, aber wir fangen mal an und schauen dann weiter. Zuerst noch einmal mein herzliches Beileid im Namen aller Dorfbewohner. Wir waren sehr betroffen vom Tod Ihrer Tante, er kam so unerwartet. Jeder wusste aber auch, dass sie vor schwierigen Entscheidungen stand.« Er machte eine Pause und rückte die Papiere auf seinem Schreibtisch zurecht. »Der Laden war schon länger alles andere als rentabel, eigentlich hätte sie ihn schon vor ein paar Jahren aufgeben müssen. Er hat wahrscheinlich nie viel abgeworfen, immerhin konnte sie früher wohl irgendwie davon leben. Aber gegen die großen Ladenketten mit ihren Billigpreisen kommt auf Dauer niemand an. Das ging Friederike nicht anders. Und selbst die Großen haben es hier oben nicht leicht. Die Online-Händler liefern inzwischen vor die Haustür, was immer Sie wollen – von der Bratwurst bis zum Grill, Lebensmittel, Haushaltswaren, Gartengeräte, Kosmetika, Elektronik, alles. Letztes Jahr hat man Rike angeboten, eine Poststation im Laden einzurichten, aber das wollte sie nicht. Und um ein paar Fremdenzimmer zu vermieten, war das Haus zu klein. Ich weiß nicht, ob ihr für einen Ausbau das Geld fehlte, so weit habe ich keinen Einblick, oder ob sie nicht vermieten wollte.«

Niebeck musste sich räuspern, und ich benutzte die Gelegenheit, ihn zu unterbrechen. »Wer hat sie denn um Gottes willen gefunden?«, fragte ich. »Und lebte sie da noch? Hat sie noch etwas gesagt?«

Der Bürgermeister schüttelte den Kopf. »Gesche hat sie gefunden. Im Garten, hinter dem Haus. Sie muss dort gearbeitet haben und hat es wohl nicht mehr ins Haus zum Telefon oder zu Gesche hinüber geschafft. Die wurde misstrauisch, als sie die Haustür weit offen fand und Rike auf ihr Rufen hin keine Antwort gab. Da ging Gesche ums Haus herum, sie dachte sich wohl, dass Rike im Garten sein musste, weil das Auto da war und das Fahrrad am Haus lehnte. Aber als sie sie fand, lebte Rike schon nicht mehr. Der Arzt sagte, sie muss zu dem Zeitpunkt schon über eine Stunde tot gewesen sein.«

Wenn man so etwas hört, fühlt man sich merkwürdigerweise, als sei man gar nicht selbst betroffen, als erzähle jemand vom Tod eines fremden Menschen. Ich begriff natürlich, was Niebeck sagte, und ich wusste ja auch schon seit mehreren Tagen, dass Tante Rike tot war, und trotzdem glaubte ich das alles nicht. All die Worte, ja, selbst das leere Haus überzeugten mich nicht von ihrem Tod. Das Haus war noch so von ihr erfüllt, alles stand und lag, als sei sie nur eben auf einem Spaziergang und als müsse sie gleich zurückkommen und sagen: »Machen wir Tee?«

»Und wo ist sie begraben?«, fragte ich weiter. »Wer hat denn überhaupt dafür gesorgt, dass sie begraben wurde?« Ich fragte so dringlich, als sei sie noch gar nicht richtig unter der Erde.

»Natürlich habe ich mich darum gekümmert. Der Arzt, den Gesche gerufen hatte, informierte mich und die Polizei. Das schien uns sinnvoll, obwohl die Todesursache eindeutig war. Aber man weiß ja nie, was noch für Fragen auftauchen. Ich war dabei, als sie den Bericht aufnahmen und nach Angehörigen fragten. Ein Testament fand die Polizei nicht, es gab auch sonst keine Verfügung. Hausschlüssel, Ladenschlüssel, Kassenschlüssel übergaben sie mir zur einstweiligen Verwahrung und auch ihr Auto; den Personalausweis nahmen sie mit. Dann begann die Suche nach deiner Mutter als der nächsten Verwandten. Gott sei Dank fiel mir Jens Feddersen ein, Rikes Cousin. Mit ihm und seiner Frau hatte Rike hie und da Kontakt, das wusste ich. Jens und Lisa haben sich dann um die Beerdigung gekümmert und alles mit dem Pastor geregelt. Rike liegt hier auf dem Friedhof, du kennst ja die Kirche. Bei der Beerdigung habe ich auch Malte nach langer Zeit mal wiedergesehen. Er ist in die Stadt gezogen, wie die meisten Jungen.«

Niebeck lehnte sich zurück. »Sie gehen alle. Es gibt keine Arbeit hier, und die Jungen kriegen ihre Kinder in der Stadt. Dadurch verschlimmert sich die Lage noch mehr. Die Dörfer sind überaltert, die Kommunen haben kein Geld und die Infrastruktur wird notgedrungen abgebaut. Und damit wieder Arbeitsstellen, es ist ein Teufelskreis. In vielen kleineren Orten gibt es keine Schule mehr, keinen Arzt, keine Apotheke. Die Läden verschwinden, die Kleinbetriebe, der Busfahrplan wird ausgedünnt. Nordhült wird nur noch ein paarmal am Tag bedient. Und für viele Einrichtungen findet sich kein Nachwuchs mehr. Für die freiwillige Feuerwehr zum Beispiel. Es werden immer mehr Kommunen zusammengelegt werden müssen. Direkt am Meer kann man noch auf den Tourismus setzen, aber auch da klagen sie. Die Leute reservieren, doch wenn die Wetteraussichten für den geplanten Zeitraum schlecht sind, kommen die Gäste nicht. So einfach ist das.«

Niebeck sah mich an. Er war ein stämmiger, untersetzter Mann mit ausgeprägten Kinnladen, den so leicht sicher nichts bekümmern konnte, aber jetzt sah er zerknirscht aus. Ich nickte. Ich sah das Problem. Ich sah Rikes Problem. Und ich sah mein Problem.

»Und ich erbe jetzt das Haus und den Laden und auch die Schulden meiner Tante«, stellte ich fest.

»Wenn Sie das Erbe annehmen.« Niebeck strich sich über den Kopf. »Ein Testament gibt es wie gesagt nicht. Aber der Fall ist klar. Das Grundstück fällt an Sie. Ich habe mit dem Notar in Kiel gesprochen, den ich selbst schon in Anspruch genommen habe. Sie müssten wohl am besten ihn oder einen anderen Anwalt aufsuchen, um die Sache zu regeln. Hier ...«, er durchsuchte die Papiere auf dem Schreibtisch, »hier ist der Totenschein, den der Doktor ausgestellt hat. Und die Ausweise und weitere Papiere Ihrer Tante.« Er reichte mir ein Mäppchen mit den Unterlagen, den Schlüssel für die Ladenkasse und die Autoschlüssel. »Ich zeige Ihnen gleich, wo das Auto steht.«

»Ich muss über alles nachdenken«, sagte ich. Plötzlich stiegen mir die Tränen in die Augen. Nicht wegen des komplizierten Erbes, sondern wegen Tante Rike. Auf einmal vermisste ich sie. Weil ich zu begreifen begann, dass sie wirklich tot war.

»Ich melde mich bei Ihnen, wegen der Adresse des Notars«, sagte ich mit abgewendetem Kopf, weil Niebeck meine Tränen nicht sehen sollte.

»Ich habe hier seine Karte.« Der Bürgermeister gab mir die Visitenkarte und begleitete mich hinaus. »Kommen Sie jederzeit vorbei, wenn Sie Fragen haben. Und falls Sie das Haus und das Grundstück verkaufen möchten – ich würde mich eventuell dafür interessieren. So, jetzt bringe ich Sie zu Rikes Auto. Hier … der graue Ford ist es. Er müsste mal überholt werden bei Gelegenheit. Ich weiß nicht, wie viel Freude der TÜV noch an ihm hätte.«

5

Wie plötzlich und unerwartet sich das Leben verändern kann. Meines war seit meiner Ankunft in Nordhült gestern Abend ziemlich durcheinandergeraten. Leo, unsere Wohnung, der Verlag, die Arbeit waren auf einmal in die Ferne gerückt. Auf einmal war die Gegenwart, war das Leben hier.

Es war Mittag in Nordhült, die Sonne brannte, und ich hatte einen Bärenhunger. Tante Rikes Vorratskammer im Haus war weniger voll, als ich es in Erinnerung hatte, aber ich fand selbst gemachte Marmelade (ohne Vermerk, von wann und aus welchen Früchten), eine Packung gemahlenen Filterkaffee, Filtertüten und ein paar Dosen Thunfisch, weiße und rote Bohnen, Chili con Carne, Mais, Rollmöpse, Bratheringe, einen Korb mit Kartoffeln, Zwiebeln, Speck, Basmatireis und Spaghetti. Sechs Dosen Pelati. Mehrere Packungen Kokosmilch. Ein Liter H-Milch. Daraus ließ sich etwas machen. Mein Hunger verlangte ohne Wenn und Aber, dass es mit dem Kochen schnell ging. Das Chili con Carne musste nur aufgewärmt werden. Während es in einem Topf auf dem Gasherd simmerte, sah ich, dass die Fliegen sich seit heute Morgen in potentiellem Wachstum vermehrt hatten. *Lektion 1:* Ich hatte den Blechkuchen auf dem Tisch stehen lassen, ohne ihn abzudecken oder einzupacken. Die Küchenfliegen hatten die Fliegen aus allen anderen Zimmern zusammengetrommelt, und nun tummelten sie sich von der Fruchtfliege bis zur Schmeißfliege, die einen stumm, die anderen in munterem Gebrumm, aber alle in ihrem blöden nervösen Hin und Her. Ich packte den Blechkuchen weg, nahm das Handtuch, erschlug einige Stubenfliegen und wedelte die Brummer so gut es ging aus der Haustür hinaus.

Selten hat mir ein Chili con Carne aus der Dose so gut geschmeckt. Ich aß es bis zur letzten roten Bohne auf. Kaum war der Teller leer, wurde ich schläfrig. Unbezwingbar dösig. Genau: Im Schuppen hatte ich Liegestühle gesehen. Und was ist gesünder als ein Mittagsschlaf, den die meisten Menschen sich nicht gönnen dürfen, weil die Büros nicht nach neuestem Stand der Wissenschaft eingerichtet sind? Papas Vater war Zahnarzt gewesen, die Oma seine Hilfe. Nach dem Essen, erzählt Papa gern, machten sie einen Mittagsschlaf. Nicht auf dem Sofa, nein, sie zogen sich richtig aus, legten sich ins Bett, schliefen eine halbe Stunde, und weiter ging es in der Praxis. Beide hatten rosige Bäckchen und wurden steinalt. Ich werde Papa mal wieder an die Geschichte erinnern, dachte ich, als ich den Liegestuhl unter einem Fliederbusch aufstellte, dessen grünes Blattwerk mich mit goldenem Schatten besprenkelte.

Ich weiß nicht, wie lange ich schlief. Erst habe ich noch zugeguckt, wie die Hummeln die roten Stockrosen vor dem Haus ansteuerten, aber dann war ich weg, weit, weit weg. Ein klagendes, nein, ein schlecht gelauntes, mürrisch forderndes Miauen holte mich nach Nordhült zurück. Eine prächtige Tigerkatze mit weißen Pfoten und dunkel umrandeten Augen stand neben meinem Liegestuhl. Tante Rike hatte also eine Katze. Katzen gewöhnen sich ans Haus, mehr als an Menschen, sagt man. Aber ein bisschen gewöhnen sie sich sicher auch an ihren Menschen. Ich hatte im Moment für den Kater – denn das schien es mir zu sein – ganz klar nur eine Funktion: für Futter zu sorgen, und zwar dalli. War denn überhaupt Katzenfutter da? Ich gähnte, kraulte das getigerte Fell und erhob mich aus meinem wunderbaren Liegestuhl.

Der Kater nahm es wohlwollend auf. Er ging mir voraus, den Schwanz steil erhoben, und führte mich schleunigst zu seinem Futterplatz. Kein Katzenteller. Hatte Gesche wahrscheinlich ausgewaschen. Der Kater war empört. Er sah zu mir hoch, vergewisserte sich, dass ich folgte, und stolzierte zur Vorratskammer. Ja, ja, ich komme schon. Der Kater hatte Glück. Nach einigem Suchen fand ich ein paar Schälchen Katzenfutter, wählte Fisch für den Herrn und stellte ihm ein Tellerchen hin, ohne mit Petersilie zu garnieren, wie es der Serviervorschlag auf dem Deckel des Döschens vorsah. Dem Kater war's wurscht. Er machte sich über den Teller her, als sei er hungrig. Das war er natürlich nicht, jemand, wahrscheinlich Gesche, hatte sich seiner in den letzten Tagen ganz sicher erbarmt. Darum hielt er nach einer kurzen Weile inne, wendete sich ostentativ vom Teller ab und spazierte davon, ohne sich noch einmal umzusehen.

Ich seufzte. Schon liebte ich ihn. Mir war die Ungerechtigkeit dieser Tatsache bewusst. Ein Mann, der sich ähnlich verhielte, hätte es schwer bei mir. Leo kam mir in den Sinn. Richtig. Ich musste es Leo langsam beibringen. Heute Abend würde ich den Kater ganz sicher noch nicht erwähnen. Ich musste Leo schrittweise an die Vorstellung gewöhnen, dass wir in Zukunft vielleicht ein Haustier hatten. Er würde ganz und gar nicht begeistert sein. Jetzt musste ich mir aber erst mal eine Liste der zu erledigenden Dinge machen. Ich musste Brot, Milch, Butter und Eier auftreiben. Und etwas Salat und Gemüse. Zu meiner Erleichterung hatte Tante Rike ihr Gemüsegärtchen aufgegeben. War ihr wohl zu viel geworden mit der Zeit. Ein Kräutereckchen hatte sie behalten mit Schnittlauch, Petersilie, Dill, Thymian und Rosmarin. Der allerdings war etwas mickerig. Ihm fehlte aufs Jahr gesehen denn wohl doch die Wärme. Aber da waren Himbeeren, Johannisbeeren, ein Apfelbaum und ein Kirschbaum. Genug jedenfalls, was einen auf Trab hielt. Ich bin nicht besonders versiert in Baumkunde, aber die Äpfelchen sah man schon und die Kirschen würde man in den nächsten Wochen ernten müssen, wollte man sie nicht den Amseln überlassen. Mein Gott, ja, und einen Pflaumenbaum gab es auch. Eigentlich war ich hier die nächsten zwei Monate locker beschäftigt. Übrigens soll man auch verblühte Rosenblüten abschneiden, damit die Kraft in die Knospen geht, hat mir mal jemand erzählt. Und Rosen hatte Tante Rike reichlich. Sie rankten sich am Haus hoch und dufteten herrlich.

Ich holte einen Zettel und einen Stift aus der linken Schublade des Buffets, setzte mich an den Tisch und schrieb:

- Brot, Milch, Butter, Eier, Salat, Wurst und Käse
- Katzenfutter ergänzen
  (Das Essen ist das Wichtigste. Nicht nur für den Kater, auch für mich.)
- Geld aus dem Automaten holen.

- Zum Friedhof gehen und zum Pastor
- Tante Rikes Unterlagen durchsehen (Schreibtisch). (Versicherungen abmelden etc.)
- Termin mit Notar machen
- Jens und Lisa anrufen, besuchen
- Bestandsaufnahme Laden. Ausverkaufsaktion?
- Ausmisten im Haus, Haus putzen
- Autofrage (verschrotten, verkaufen im Internet?)
- Haus behalten???

Die schwerste Frage stand nun zuunterst, das war auch sinnvoll, denn erst, wenn ich mich rundherum schlaugemacht hatte, konnte ich mir dazu eine abschließende Meinung bilden. Und dann setzte ich noch auf die Liste, dick unterstrichen: Ans Meer fahren, schwimmen, im Sand liegen (Strandkorb?), Backfisch mit Kartoffelsalat essen.

Wie schön es wäre, wenn Malte mitkäme, dachte ich. Aber das schrieb ich nicht auf die Liste. Und überhaupt, so wichtig war das nun auch wieder nicht. Ich schwang mich ins Auto und machte es wie alle Nordhülter der Jetztzeit. Ich fuhr zum Supermarkt in Obersanden. Dort gab es auch einen Cash-Automaten, damit man ordentlich einkaufen konnte.

Ich fand, was ich brauchte, und noch ein paar Sachen mehr, wie zum Beispiel Heringssalat und

Krabben zum Pulen, die mit Rührei eine lange vermisste oder besser fast schon vergessene Delikatesse ergeben würden. Auch der Kater sollte nicht leben wie ein Hund. Ich kaufte, was ein Katzenherz erfreut, packte alles ins Auto, tankte (war äußerst dringend) und fuhr zurück.

Die Sonne sank. Es wurde kühler, und ich brauchte eine Jacke. Ich wickelte mich hinein und setzte mich mit einem Glas Wein und einer Wolldecke auf die Holzbank vor dem Haus. Ein kleiner Wind kam auf, und die riesige Buche vor Gesches Haus rauschte sanft. Ihre Krone überragte das Dach, und es war, als ob sie mein Haus mit bewachte.

6

Manchmal frage ich mich, ob man in fremden Betten anders träumt als zu Hause. Aber in meiner zweiten Nacht in Nordhült träumte ich gar nichts, jedenfalls erinnere ich mich an nichts. Ich fiel ins Bett wie ein gefällter Baum und schlief wie ein Stein. Vorher rief ich aber noch Leo an, so schläfrig, dass er ganz besorgt war.

»Geht es dir wirklich gut?«, fragte er.

»Ja. Ich bin nur wahnsinnig müde. Wie war dein Tag? Und wie war eigentlich die Sitzung?«

»Das kannst du dir ja vorstellen. Der übliche Zirkus. Die Zahlen sind schlecht und bleiben schlecht. Wenn ich nicht wüsste, dass wir Anfang September nach Sardinien fahren, würde mich aller Lebensmut verlassen, wirklich.«

»Deine Stimme klingt aber ganz okay. Wie ist das Wetter?«

»Beschissen. Grau und Nieselregen und trotzdem schwül dabei.«

»Ach. Hier ist es traumhaft. Warm, aber nicht zu heiß, morgens und abends frisch. Sehr erholsam.«

»Du klingst aber nicht gerade erholt. Könnte es sein, dass du dir dein Erbe schönredest? Nina, bleib realistisch. Verkauf das Ganze da oben, das ist ein Mühlstein am Hals. Oder schlag das Erbe einfach aus.«

Diese Worte gefielen mir gar nicht.

»Du kennst ›das Ganze‹ doch überhaupt nicht. Komm doch her und schau es dir mal an. Es ist nämlich traumhaft schön. Ich bin nur müde von der frischen Luft. Meinst du, ein Haus in Sardinien wäre kein Klotz am Bein? Übrigens, Tante Rike hatte einen Kater. Den bring ich dann mit.«

»*Was?*«

»Den Kater bring ich dann mit.« Ich war gemein, und ich wusste es.

»Darüber reden wir noch mal, wenn du nicht mehr volltrunken vor Müdigkeit bist. Übrigens weiß ich nicht, wie es deinem Kater bei uns in der Mietwohnung gefallen würde. Wäre vielleicht einen Gedanken wert.« Wenn Leo sauer war, wurde er belehrend.

»Warum du ein Häuschen nahe am Meer im Norden so rigoros ablehnst, obwohl du es geschenkt bekommst, statt eins im Süden kaufen zu müssen, wäre auch einen Gedanken wert.«

»Jetzt wirst du albern«, sagte Leo mürrisch. »Du wirst ja nicht behaupten wollen, es gäbe keinen Unterschied zwischen Schleswig-Holstein und Sardinien. Du schläfst jetzt am besten erst mal aus.«

»Ja«, sagte ich versöhnlich. Es tat mir leid, dass ich ihm das mit dem Kater so vor den Latz geknallt hatte. »Das mach ich. Schlaf auch gut. Wir hören uns morgen.«

Ich erwachte früh vom hellen Ruf der Schwalben. Wenn es ein sommerliches Geräusch gibt, dann ist es das Sirren der Schwalben und Mauersegler. Voller Tatendrang sprang ich aus dem Bett. Ich hatte eine Menge vor heute, doch bevor ich anfing, im Haus und in Rikes Sachen herumzukramen, wollte ich auf den Friedhof. Ob man das Fahrradfahren wirklich nicht verlernt, wie es immer heißt? Ich hatte meine Zweifel – unsportlicher als ich kann man gar nicht sein, aber ich hatte mir vorgenommen, hier oben die kleineren Strecken mit dem Rad zurückzulegen wie die Einheimischen. Ich schnitt ein paar Rosen ab, band ein Sträußchen, legte die Blumen in den Fahrradkorb und schob mich auf den Sattel. Und siehe da, das Fahrrad fuhr. Obwohl ich draufsaß.

Die Backsteinkirche von Nordhült ist wunderschön. Das entdeckte ich erst jetzt, denn Tante Rike war nicht in einem konfessionellen Sinn gläubig gewesen, und wir waren früher nie in die Kirche gegangen. Die Tür war nicht verschlossen. Entzückt stand ich in dem kleinen Kirchenraum. Er war lichtdurchflutet und freundlich mit seinem hell gestrichenen Kirchengestühl, der verzierten weiß-goldenen alten Kanzel und den Messingkronleuchtern, die dem intimen, fast familiären Raum eine lebensfrohe, irdische Festlichkeit verliehen. Gegenüber der Altarseite die schlichte hölzerne Empore mit der Orgel. Man wurde so fröhlich in dieser Kirche, und ich ertappte mich bei dem Gedanken, wie zauberhaft es wäre, hier zu heiraten.

Man muss nicht gleich davon schwärmen, wie schön es wäre, an diesem Ort auch begraben zu sein, aber der Friedhof hatte durchaus etwas Einladendes. Er lag so freundlich und still unter den alten Bäumen mit ihren mächtigen Laubkronen. Die Sonne malte Muster in zitterndem Goldgrün auf die Kieswege, und ich fand Tante Rikes Grab sofort. Die vertrockneten Blumen lagen auf dem lockeren Erdhügel, und da war auch das schlichte Holzkreuz mit ihrem Namen. Ich stand davor, die Rosen aus ihrem Garten in der Hand, und konnte mir doch nicht vorstellen, dass sie da unten liegen sollte. Ich begann, die alten Sträuße und eingetrockneten Kränze wegzuräumen und neu zu arrangieren, was noch einigermaßen frisch war. Das Andersen-Märchen von der chinesischen Nachtigall kam mir in den Sinn, wo sich der Tod nach seinem Garten sehnt und nach dem Gesang der kleinen, unscheinbaren Nachtigall, der so viel schöner klingt als der des edelsteinbesetzten künstlichen Vogels, der den Kaiser von China aufheitern soll. Ob in den Hecken und Bäumen von Nordhült noch Nachtigallen nisteten? Dann kam mir ein ganz anderes Bild in den Sinn, und ich musste laut herauslachen. Ich sah Tante Rikes Gesicht vor mir, als wir Kinder ihr einen Frosch, den wir am Viehteich gefangen hatten, aufs Bett setzten, gerade als sie darin einen Mittagsschlaf halten wollte. »Geht mir bloß weg mit dem Froschkönig!«, rief sie.

»Guten Morgen«, sagte plötzlich eine Stimme in meinem Rücken. »Schön, dass die Gedanken an Rike Sie zum Lachen bringen.« Der Mann, zu dem die Stimme gehörte, war etwa Mitte sechzig, schlank und angenehm anzuschauen. Er trug einen Sonnenhut und einen Leinenanzug und sah nicht so richtig wie ein Nordhülter aus. Er stellte sich heraus, dass er mit Rike befreundet gewesen war, wie weit, ließ er außen vor. Rick Thienemann war Übersetzer und hatte sich vor ein paar Jahren in Nordhült niedergelassen.

»Wenn ich die Stadt vermisse, bin ich schnell in Hamburg«, meinte er, »ich hab dort immer wieder zu tun, aber dann zieht es mich auch schon bald wieder hierher.« Er zuckte lächelnd die Schultern. »Man hängt so ein bisschen dazwischen. Ganz legt man das Städtersein nicht ab, und so richtig gehört man als Zugezogener nie dazu. Mich stört's nicht. In meinem Beruf steht man auch zwischen verschiedenen Sprachen und Kulturen. Wenn Sie Lust haben, kommen Sie doch mal bei mir vorbei!« Er nannte die Adresse und musste mir erklären, wo ich ihn finden würde, denn er wohnte etwas außerhalb des Dorfes. »Oder wir treffen uns zufällig im *Dorfkrug*. Manchmal fällt mir die Decke auf den Kopf, obwohl ich ein Einsiedler bin. Dann trinke ich dort ein Bier. Weibliche Gesellschaft wäre zauberhaft. Wenn Sie mal in die Kneipe reinschauen, verstehen Sie, was ich meine.«

Was hatte er eigentlich auf dem Friedhof gewollt, fragte ich mich, als er gegangen war. Vielleicht kannten er und Rike sich besser, als es den Eindruck erweckte. Vielleicht kannten sie sich sogar sehr gut? Im Schuppen standen jedenfalls zwei Fahrräder, von denen keines verstaubt war. Ich lächelte und sah erst jetzt, dass ein frischer Strauß Kornblumen auf dem Grab lag. Der war vorher doch noch nicht da gewesen. In der Mitte steckte eine Margerite. Schön und weiß und leuchtend.

7

In fremden Papieren zu wühlen ist nicht meine Sache. Meine Mutter, die sehr diskret war, sagte immer: Anklopfen ist eine Grundregel der Höflichkeit. Weder stürmte sie überraschend in mein Kinderzimmer, noch las sie später heimlich in meinem Tagebuch. Ich wuchs sozusagen unbehelligt auf, und erst jetzt, wo ich erwachsen bin, weiß ich die diskrete Art meiner Eltern zu würdigen. Deshalb musste ich mir einen richtigen Ruck geben, um mir Tante Friederikes Schreibtisch vorzuknöpfen. Der Kater leistete mir Gesellschaft. Er legte sich auf Rikes Bett und sah mir zu. Manchmal gähnte er, als wollte er sagen, mach vorwärts, aber er harrte aus.

Tante Rikes Schreibtisch war ziemlich aufgeräumt. Ich fand ein paar unbezahlte Rechnungen, Gesche hatte den Briefkasten geleert und die Post ungeöffnet hierhin gelegt, aber das meiste lief wohl über Daueraufträge, die ich kündigen musste. In ihren Papieren hatte Rike eine erstaunliche, pingelige Ordnung. Sehr verwunderlich, wenn man sie kannte, aber mir erleichterte es die Arbeit. Vieles konnte ich telefonisch vorab klären und in die Wege leiten, aber ich brauchte den Erbschein, bevor ich die Angelegenheiten mit der Bank definitiv regeln konnte. Ich kramte die Adresse des Notars in Kiel aus meiner Handtasche und machte mit der Kanzlei einen Termin aus. Ich würde die wichtigsten Unterlagen gleich ins Auto packen.

»Kater, das machen wir gut«, sagte ich, und er sah mich aus unergründlichen Augen an. »Was hältst du von ein paar leckeren Bröckchen für dich und einem Brot mit Krabben und Rührei für mich?« Das musste ich nicht zweimal sagen.

Ich hatte das Gefühl, an diesem Vormittag schon viel geschafft zu haben, deshalb machte ich einen Gang durch den Garten, inspizierte die Himbeeren und Johannisbeeren, gab den Kräutern Wasser, entdeckte einen Stachelbeerstrauch mit kleinen, total sauren, dickhäutigen Stachelbeeren, schnitt ein paar verblühte Rosenknospen ab, als sei ich Landhausbesitzerin in Cornwall (mit jährlicher Apanage), machte mir dann zufrieden einen Kaffee und ging an die weitere Durchsicht von Rikes Zimmer. Wie die meisten Menschen hatte sie manches, was nicht in Ordner passt, in Schachteln gesammelt. Eine, weil sie mit einem schönen Paisley-Muster bedruckt war, fiel mir in die Augen, und so griff ich als Erstes nach ihr. Sie war mit Klebeband verschlossen, und als ich die Streifen abzog, rissen sie fahle Bahnen in das Muster. In der Schachtel befand sich ein mehrfach zugeklebter, offenbar prall mit Papier gefüllter Umschlag. Als sei es so noch nicht genug verschlossen, war das Päckchen außerdem mit Kordel verschnürt. Darauf lag eine Fotografie. Sie zeigte Friederike als junge Frau. Dass sie mal so jung gewesen war! Und so hübsch! Sie war barfuß, trug ein flatterndes Sommerkleidchen und stand in zärtlicher Umarmung mit einem jungen dunkelhaarigen Mann vor der Kamera. Das Bild war offensichtlich am Meer aufgenommen worden, man sah aber nur den sandigen Strand, den Strandhafer und eine dicke weiße Wolke, die über den beiden am Himmel schwebte. Der junge Mann hatte den Blick prüfend nach oben gerichtet, als wolle er abschätzen, ob die Wolke einen sommerlichen Regenguss bringen könnte. Er lachte und hielt eine Hand schützend vor die Augen, mit dem anderen Arm drückte er Rike fest an sich. Ich drehte und wendete das Foto, um die Gesichter besser sehen zu können.

Der Mann auf dem Foto, es gab kaum einen Zweifel – war mein Vater.

Ich stand auf und setzte mich wieder hin. Ich legte das Foto weg und nahm es wieder zur Hand. Ich griff nach meinem Handy, aber wen wollte ich anrufen? Meinen Vater etwa? Ich drehte und wendete den Umschlag und ließ ihn ungeöffnet wieder sinken. Ich konnte die Briefe – denn die mussten sich in dem Päckchen befinden – jetzt unmöglich lesen. Ich musste mich erst mal an den Gedanken gewöhnen, dass Papa und Tante Rike mal ein Liebespaar gewesen waren. Puh! Dass die eigenen Eltern ein Liebesleben haben und noch dazu vielleicht ein unordentliches, das stellen sich Kinder ja weniger gern vor. Und dann so was!

Ich war ganz schön verwirrt. Da gab es nur eins: Ich musste erst mal raus, an die frische Luft, den Kopf wieder klar kriegen. Am besten, ich fuhr ans Meer. Jetzt gleich.

Ich warf Badeanzug und Badetuch auf den Rücksitz des Wagens und wollte gerade losfahren, als Gesche mich aufhielt. »Hallo, Nina! Gerade wollte ich zu dir!« Sie sah aus, als ob sie unendlich viel Zeit für einen Schwatz hätte, und hielt eine Schachtel in die Höhe. »Ich hab ein paar Eier für dich. Du hast ja gar nichts Frisches im Haus! Fährst du einkaufen?« Sie steckte ihren Kopf anteilnehmend ins geöffnete Wagenfenster, und ihre hellen Augen huschten neugierig in alle Ecken des Wagens.

»Hallo, Gesche«, erwiderte ich, ohne auszusteigen. »Danke für die Eier! Könntest du sie vor die Haustür legen? Ich muss jetzt leider los … ich war gestern schon einkaufen!« Bloß kein Palaver jetzt über Gott und die Welt bei meinem augenblicklichen, ziemlich aufgewühlten Seelenzustand.

»Schon unterwegs zu einer dringenden Verabredung?« Die kleinen wässrigen Augen blinkten freudig auf. Ich überhörte die Frage und ließ den Wagen an.

»Komm doch zum Abendessen rüber, wenn du willst. Bis dahin bist du ja wahrscheinlich zurück?« So schnell gab Gesche nicht auf.

»Ich weiß noch nicht, wann ich zurück bin. Ein andermal vielleicht, ja?«

Gesches Kopf steckte immer noch halb im Auto. »Ich habe Rikes Post letzte Woche auf ihren Schreibtisch gelegt. Ich hoffe, es war nichts dabei, was dir Probleme macht …«

»Nein, nein«, sagte ich ungeduldig, »überhaupt nicht.«

»Na, denn fahr mal los, du scheinst es ja eilig zu haben. Den Zweitschlüssel, den Rikchen mir vor Jahren schon gegeben hat, damit man notfalls ins Haus kann, den willst du ja wahrscheinlich wiederhaben?« Ihre Stimme klang enttäuscht.

»Darüber sprechen wir später mal, ja? Ich muss jetzt wirklich los.«

Gesches Kopf verschwand. Und ich, ich musste jetzt erst mal schleunigst Abstand von Nordhült nehmen, ehe ich mich mit den Liebesangelegenheiten meines Vaters näher beschäftigte.

Ein paar Stufen führten zum Deich hinauf, und dann lag es vor mir, das Meer. Es funkelte im Sonnenlicht und schwappte sanft ans Land. Die Wellen verliefen sich weißkräuselnd im feinen Sand, am Horizont zog ein Schiff vorbei, die Segler hatten Flaute. Der Strand war bunt getüpfelt von Urlaubern, aber voll war er nicht. Auf den Strandkörben lagen Badehosen zum Trocknen, Kühltaschen wurden ausgepackt, Kinderlachen verwehte in der Ferne. Die Kleinen trugen Sonnenhüte, schwangen Schaufeln und buddelten im Sand. Manchmal hielten sie triumphierend eine leere Muschelschale hoch, und die Mütter nickten anerkennend dazu. Jugendliche rannten weit ins seichte Wasser hinaus und warfen sich dann auf die glitzernd bewegte Fläche der See und in die freundliche Brandung.

Ich dachte an Rike und meinen Vater. Hier irgendwo hatten sie gestanden und sich fotografieren lassen, verliebt und windzersaust und unbeschwert. Wo meine Mutter an jenem Tag wohl war? Und ich, war ich damals vielleicht schon auf der Welt? Ich suchte mir ein geschütztes Plätzchen am Strand, zog mich unter dem Badetuch um und rannte wie die anderen den Wellen entgegen. »Los, los!«, hörte ich Malte rufen. »So kalt ist es nicht! Komm! Komm endlich rein!« Und wenn ich zauderte, damals, nahm er mich bei der Hand und zog mich mit, bis ich umfiel und zeterte und lachte und prustend im Wasser verschwand.

Im Wasser war er mutiger, die Wellen bewegten unsere Körper aufeinander zu, ich umklammerte ihn, und er küsste mich, schnell, ehe das Wasser wieder über unsere Münder schwappte und seine Küsse davontrug bis nach Schweden und Finnland. Müde waren wir am Abend nach Hause geradelt, die nassen Badesachen auf dem Gepäckträger, vom Wind sanft angeschoben oder strampelnd mit Wind von vorn. Erst kam Nordhült, und wenn ich zu Tante Rikes Haus abbog, winkte Malte und fuhr weiter, dem Haus von Jens und Lisa zu, zehn Minuten hatte er dann noch, und wir wussten beide, morgen sehen wir uns wieder. Ich stürmte ins Haus, durchgeglüht von der Sonne, die Haut ein bisschen salzig vom Wasser, durstig und hungrig und so verliebt, wie man es nur beim ersten Mal sein kann.

Das Wasser war ziemlich kalt, nicht mehr als achtzehn Grad. Ich stapfte bibbernd heraus, rubbelte mich mit dem Badetuch ab und legte mich mit geschlossenen Augen in die Sonne. Die Wärme floss wie Öl über meine kalten Glieder und machte sie langsam wieder weich und beweglich. Unter meinen geschlossenen Lidern tauchten Bilder auf, wieder sah ich Rike und Papa, dann plötzlich waren es Malte und ich, die da standen, Malte braungebrannt und groß, ich noch ziemlich bleich, eine richtige Städterin, und wir standen Arm in Arm, umschlungen, wie Rike und Papa. Ich erschrak, als ich uns so stehen sah, und Leo kam mir in den Sinn. Da stand ich auf, zog mich wieder an, nahm mein Bündel und die Sandalen und lief mit aufgekrempelten Hosen am Strand entlang. Meine Füße hinterließen Abdrücke im feuchten Sand, wie eine lange Kette reihten sie sich aneinander und wurden wieder vom Wasser verwischt, wenn es die Vertiefungen füllte und darin versickerte. Ich dachte nach und fing an zu grübeln und merkte erst beim Rückweg, wie weit ich gelaufen war.

8

Ich las nur den obersten Brief, der offenbar zuletzt geschrieben worden war. Es war ein Abschiedsbrief meines Vaters an Rike. Der Brief war ziemlich ramponiert, wohl auch schon mal zusammengeknüllt und dann wieder glatt gestrichen worden. Er war einige Monate vor meiner Geburt geschrieben und begann so:

»Liebste Friederike. Wir haben uns ausgesprochen, aber ich habe das Gefühl, dass noch ein Brief notwendig ist, damit wir beide begreifen, dass unsere Beziehung ein Ende haben muss. Ich bin ein dummer Kerl, dass ich mich so lange nicht zwischen Dir und Charlotte entscheiden konnte, aber so ist es wohl manchmal im Leben.« (Blödmann, dachte ich). *»Ihr seid zwei wunderbare Schwestern, und im Grunde hat jetzt nur Charlottes Schwangerschaft den Ausschlag gegeben, dass ich zur Überzeugung gelangt bin, zu Charlotte und dem Kind zu gehören, das sie von mir erwartet.«* (Dieses Verantwortungsgefühl! Ist ja super. Dass ich unehelich gezeugt bin, haben sie mir auch nie gesagt!) *»Ich weiß, Du bist nicht einverstanden, dass ich Charlotte über unsere Beziehung*

im Dunkeln gelassen habe und dies auch weiterhin tue bzw. mich jetzt, angesichts der neuen Situation, geradezu dazu verpflichtet fühle.« (Feigling!) *»Deine Entscheidung, für eine Zeit nach Indien zu gehen, finde ich gut. Es war lange Dein Wunsch, es wird Dir hoffentlich bringen, was Du Dir von dieser Reise erwartest, und ich hoffe darauf – oder besser ich weiß es, weil ich dich doch glaube, recht gut zu kennen – dass Du mir und Charlotte Deine Zuneigung nicht entziehen wirst, wenn erst einmal die Zeit die Wunden geheilt hat.«* (Ist denn das zu fassen!!). *»Alles Liebe und Gute, Dein Rolf.«*

Ich war sprachlos. So zerbröckeln Vaterbilder. *Er hat sich nicht getraut, Charlotte reinen Wein einzuschenken!*, dachte ich. Und ab mit Friederike nach Indien, da wollte sie doch schon lange mal hin! Wie praktisch aber auch! Warum nur sind wir dann aber später, als Rike zurück war, in den Sommerferien immer nach Nordhült gefahren? Ganz offensichtlich wusste meine Mutter nichts von der ganzen Geschichte. Aber dass Rike das zuließ, dass mein Vater ihr noch mal ins Haus kam! Und dass meine Tante mich niemals merken ließ, dass sie meinen Vater meinetwegen verloren hatte! Im Gegenteil. Manchmal hatte ich das Gefühl, als verstünde sie mich besser als meine Mutter.

Ich besah den Brief von allen Seiten. Ja, ganz klar, er war schon mal weggeworfen und dann wieder geglättet und schlussendlich doch aufbewahrt worden. Hatten sich die Schwestern verkracht, weil meine Mutter Jahre später doch noch die Wahrheit erfahren und meinen Vater und Friederike zur Rede gestellt hatte? Mein Vater würde mir die Frage beantworten können, und um dieses Gespräch kam er nicht herum, das schwor ich mir. Nur im Moment hatte ich nicht die geringste Lust, ihn zu sehen oder zu hören. Enttäuscht war ich, mordsmäßig enttäuscht, dass der Held meiner Kindheit es nicht fertiggebracht hatte, die Situation damals offen auszutragen. Toll, wenn man für die anderen gleich mitentscheidet, was für sie am besten ist. Für Rike Indien und für Charlotte das Kind.

Was wäre gewesen, wenn? Vielleicht hätte es mich nicht gegeben, wenn herausgekommen wäre, dass mein Vater zwischen zwei Schwestern stand? Vielleicht hätte meine Mutter auf meinen Vater dankend verzichtet, und auf die Schwangerschaft auch? Niemand weiß, was gewesen wäre, wenn. Und ich wusste es genauso wenig. Jedenfalls gab es mich, mochte auch mein Vater meiner Ankunft vielleicht weniger begeistert entgegengesehen haben, als ich mir das immer vorgestellt hatte. Vielleicht fand er es ziemlich lästig, dass ich unterwegs war und ihm unschuldig und ungewollt die Bürde der Verantwortung auferlegte?

Ich ließ den Brief sinken. Der Kater sah mich unverwandt an. Er saß, die Beine ordentlich nebeneinander, den Schwanz säuberlich um die Vorderpfoten gelegt, auf Rikes Bett. Als ich den Brief mit einem ratlosen Seufzer auf den Schreibtisch zurücklegte, gab er ein verständnisvolles, kurzes *Miau* von sich. »Ja«, sagte ich und strich über sein dichtes Fell, »du bist auch noch da« – ein Satz, der für ihn bedeutete, dass es nun endlich was zu fressen gab. Er stand auf, machte einen Katzenbuckel, schüttelte die Pfoten aus, als stünde er in einer nassen Wiese, und marschierte Richtung Kühlschrank.

Die Nachttischlampe brannte noch, als ich am nächsten Morgen aufwachte. Papas Brief und meine lange Wanderung am Strand hatten mich regelrecht umgehauen. Und wieder hatte ich vergessen, Leo anzurufen. Immerhin hätte er sich genauso gut melden können, nur, diese Entschuldigung galt nicht: Vielleicht hatte er ja angerufen. Aber so laut, dass ich davon aufgewacht wäre, hätte das Telefon gar nicht klingeln können.

Ich saß im Bett, sah durchs Fenster den wandernden Wolken zu und legte mir die Termine für den heutigen Tag zurecht.

Am Nachmittag musste ich zum Notar nach Kiel. Malte wohnte auch in Kiel. Aber ich hatte ja nicht mal seine Telefonnummer. Er verhielt sich wirklich seltsam. Erst holt er mich ab und ist hocherfreut, mich wiederzusehen, »Hallo, Kusinchen« und so weiter, und dann verhält er sich, als ob er ein Wiedersehen um jeden Preis vermeiden wollte. Ich suchte trotzdem nach Rikes Telefonbuch. Nicht da. Mit dem Smartphone kam keine Internetverbindung zustande. Also kein elektronisches Telefonbuch. Ich hielt inne. Auskunft anrufen, genau. Aber wie war die Nummer der Auskunft noch mal? Das kommt davon, wenn man sich angewöhnt, alles im Internet zu recherchieren. Zurück auf null und zum Anfang. Jens und Lisa. Richtig, Maltes Eltern wohnten im Nachbardorf. Jeder im Ort würde dort wissen, wo sie wohnten, falls ich das Haus nicht wiederfinden sollte oder sie umgezogen wären. Jens und Lisa standen auf meiner *To-do*-Liste sowieso ganz oben. Sie hatten sich nach Rikes Tod um das Wichtigste gekümmert, und vielleicht hatten sie regelmäßig Kontakt mit meiner Tante gehabt. Sicher konnten sie mir von ihr erzählen. Genau so würde ich es machen: heute Vormittag zu Jens und Lisa, und nachmittags nach Kiel zum Notar.

Ich öffnete den oberen Teil der Haustür, streckte den Kopf hinaus, zählte die Wolken am Himmel (fünf: drei weiße und zwei graue), machte Tee und rief Leo an.

»Leo? Leo, bist du das? Du klingst so anders … guten Morgen! Hast du gestern Abend versucht, mich anzurufen?«

»Morgen, Nina. Natürlich bin ich's. Wer soll es denn sonst sein? Wir hatten Sitzung bis in die Puppen, da hab ich mich nicht mehr aufgerafft, dich anzurufen. Sei nicht böse. Du weißt ja, da kommt man raus und ist nur noch Matsch. Geht es dir gut da oben? Kommst du vorwärts mit dem ganzen Kram?«

»Ja. Ich muss heute zum Notar nach Kiel. Ich wollte, du wärst hier, Leo, und wir könnten das zusammen machen. All die Entscheidungen!«

»Nina, so viele Entscheidungen sind es nun auch wieder nicht. Und meine Meinung kennst du. Keine zusätzlichen Belastungen, wo wir schon so viel arbeiten. Und selbst, wenn das Haus achthundert Kilometer näher bei unserer Wohnung läge – würdest du da jedes zweite Wochenende hinwollen? Radieschen säen und Kohlrabi ernten? Ständig gießen, wenn's trocken ist? Unkraut rupfen? Das seh ich einfach nicht. Geht übrigens dein Computer wieder?«

»Der Laptop! Den hab ich ganz vergessen! Ich hab hier so viel anderes im Kopf! Hier ist sowieso kein Internet-Empfang. Und ein Internet-Café schon gar nicht. Niebeck, der Bürgermeister, hat sicher WLAN, aber ich werde schon mal drei Tage ohne E-Mails zurechtkommen, denke ich.«

»Die solltest du aber schon ab und zu checken«, sagte Leo.

»Aber es steht doch sowieso alles auf dem Kopf! Ich muss doch erst jemanden finden, der das Bild wieder auf die Füße stellt!«

»Nimm den Laptop mit nach Kiel. Da findest du sicher einen Computerladen, vielleicht ist es ja nur eine winzige Einstellungssache.«

»Danke, Leo. Lass mal, ich mach das schon. Kochst du dir eigentlich zu Hause?«

»Ach was, ich geh in der Stadt essen, wenn ich aus dem Büro komme, das macht weniger Umstände. Du, jetzt muss ich aber los. Mach es gut heute in Kiel. Ich denk an dich.«

»Mach's auch gut. Ich frühstücke jetzt, mit dem Kater. Und dann besuche ich Jens und Lisa.«

»Sollte ich die kennen?«

»Nein«, antwortete ich. »Das sind Maltes Eltern. Verwandte von mir. Die brauchst du nicht zu kennen.«

Hatte ich früher Onkel Jens und Tante Lisa gesagt? Sie waren nett, viel mehr weiß ich nicht mehr, aber dass Lisa eine beeindruckende Nase hatte, die weit und kühn aus dem Gesicht vorsprang, daran erinnerte ich mich. Tante Rike hatte in ihrem Schreibtisch ein kleines Adressbuch. Dort fand ich die Telefonnummer der beiden (übrigens auch die von Rick Thienemann, nicht aber die von Malte), und es wäre vielleicht gescheit gewesen, zuerst anzurufen. Trotzdem entschied ich mich, auf gut Glück hinzufahren. Als wollte ich es dem Zufall überlassen, ob ich heute Nachmittag mehr über Malte wissen würde oder nicht.

Ich stellte dem Kater, der um meine Beine strich, ein Kaninchenragout in die Küche und radelte los. Der Himmel hatte sich stärker bewölkt, und ich hatte nicht nur meine mangelnde Fitness, sondern auch den Wind gegen mich. Ich strampelte mir die Seele aus dem Leib und machte die überraschende Erfahrung, dass es in dieser Gegend kaum sichtbare Steigungen gab, die sich heimtückisch dehnten. Endmoränen aus der Eiszeit. Wer hätte gedacht, dass man beim Fahrradfahren auf dem flachen Land so ins Schwitzen kommen konnte! Und während mich auf dem Fahrradweg alle, selbst die alten Männer, ohne Anstrengung überholten, musste ich, Schande über Schande, das Rad ein Stück weit schieben, obwohl weit und breit keine Hügel, geschweige denn Berge zu sehen waren. Es entfuhr mir jedenfalls ein Seufzer der Erleichterung, als ich nach meiner Tour durch Felder und Weideland im Nachbardorf ankam.

Jens und Lisa hatten früher mitten im Zentrum gewohnt, und wenn mich meine Erinnerung nicht täuschte, stand eine mächtige alte Linde vor dem Haus. Sie war noch immer da. Und die beiden? Lebten wir nicht in einer mobilen Zeit, wo die Menschen Partner, Berufe, Arbeitsorte und Häuser je nach Situation und Bedarf wechselten? Aber Jens und Lisa waren ihrem Haus und dem Ort treu geblieben. Lisa öffnete die Tür. Ich erkannte sie sofort. Ihre Nase war immer noch beeindruckend, auch wenn ich sie in meiner kindlichen Phantasie um einiges vergrößert haben mochte. Lisa erkannte mich nicht.

»Hallo, Tante Lisa«, sagte ich. »Ich weiß, ich hätte vorher anrufen sollen. Ich bin Nina, Tante Rikes Nichte.«

Lisa sah mich einen Moment ungläubig an, dann lächelte sie breit und öffnete ihre Arme. »Na, so was!«, rief sie, »Nina! Komm rein! Jens … Jens, die Nina ist da.«

Jens saß in der Küche und faltete bedächtig seine Zeitung zusammen. »Er hat zu arbeiten aufgehört«, sagte Lisa und legte ihm die Hand auf die Schulter. »Aber er hat sich noch nicht so richtig dran gewöhnt.«

»Ich kann nicht mehr auf die Dächer steigen, das müssen jetzt Jüngere machen«, sagte Jens. Es klang wehmütig und resigniert. »Ich bin nicht mehr schwindelfrei. Wenn mir das früher einer erzählt hätte!« Er schüttelte den Kopf, als könne er selbst nicht glauben, was er sagte.

»Dafür bist du mir jetzt in den Schoß gefallen«, sagte Lisa trocken und schenkte Kaffee ein. »Ein pensionierter Mann im Haus ist auch eine Aufgabe, das kann ich dir sagen, Nina.« Sie lachte, und ich stellte mir vor, wie der große, kräftige Hundert-Kilo-Jens mit seinem weißen Bart auf Lisas Schoß saß und betüttelt werden wollte.

Engen Kontakt hatten Jens und Lisa mit Rike nicht gehabt, aber gesehen hatte man sich. Mal an Geburtstagen, mal an Beerdigungen, an Weihnachten, bei Dorffesten. Wie das auf dem Land so ist. »Schade, dass ihr damals plötzlich nicht mehr nach Nordhült gekommen seid«, meinte Lisa. »Malte hat dich so vermisst, dass ich mir schon Gedanken gemacht habe. Gesagt hat er nichts, aber sehen konnte es ein Blinder. Der Junge hatte wohl das Gefühl, du kämst wegen ihm nicht mehr. Was sich Kinder so zusammenreimen! Wir haben uns auch gefragt, warum ihr weggeblieben seid. Friederike hat nicht darüber gesprochen. Komische Sache. Wenn es Streit gibt, kann man sich doch trotzdem irgendwann wieder aussöhnen …«

»Da steckt man nich drin«, sagte Jens und schüttelte den Kopf. »Wenn Frauen sich streiten, werden sie zu Hyänen.«

»Hat echt Respekt vor den Frauen, der Onkel Jens«, lachte ich. »Mir hat auch keiner was gesagt. Aber nachdem meine Eltern geschieden waren, war Nordhült sowieso kein Thema mehr.« Von den Briefen, die ich am Tag zuvor gefunden hatte, sagte ich nichts, und auch, was damals zwischen Malte und mir vorgefallen war, behielt ich für mich. Wir waren im Streit auseinandergegangen in diesem letzten gemeinsamen Sommer, nach einem blöden, kindischen Streit, den ich bis zu diesem Augenblick völlig vergessen hatte. Natürlich war Malte an gar nichts schuld, und den Krach, den wir hatten, hatte nicht mal er angefangen.

Ich hatte ihm übel genommen, dass er am Tag vor unserer Abreise Fußball spielen gegangen war, statt die letzten Stunden mit mir zu verbringen. Ich war echt zickig gewesen, beleidigt, dass ihm der Fußball wichtiger war als ich, und hatte so getan, als ob er mir sowieso schnurzegal wäre. Irgendwas wie »Prima, ich wollte eh mit Papa zum Angeln, viel Spaß also« hatte ich ihm an den Kopf geworfen. Ich sah Malte plötzlich wieder vor mir stehen, mit hängenden Armen, ziemlich hilflos, obwohl er schon damals viel größer als ich war, mit seinen fünfzehn Jahren. Er schlug etwas vor wie. »Wir könnten ja heute Abend nochmal zum Viehteich« oder »Wir könnten uns doch morgen früh noch treffen, bevor ihr fahrt«. Aber ich sagte nur voller Verachtung: »Schon gut. Gib dir keine Mühe!« Dabei zersprang mir schon das Herz vor Liebeskummer, bevor wir überhaupt abgefahren waren. Wie blöd man sein kann. Statt die Zeit mit ihm zu verbringen, die noch blieb, hatte ich mich mit meiner schnippischen Antwort lieber selbst bestraft und unseren Abschied ganz verdorben. Meine Antwort kränkte ihn und machte ihn wütend. Er nahm seinen Fußball, ließ ihn ein paarmal heftig auf den Boden dotzen, drehte sich auf dem Absatz um und ging, ohne noch etwas zu sagen. Ich sah seinem Strubbelkopf nach und schaffte es einfach nicht, ihm nachzurennen. Ich stand nur trotzig da, während mir die Tränen hochstiegen, aber Malte sah sich nicht mehr um. Er knallte nur beim Gehen bei jedem zweiten Schritt den Ball auf den Boden und rief, als einer der Jungs von seiner Mannschaft auftauchte: »Super! Los geht's. Das Spiel gehört uns!«

»Wie geht es Malte eigentlich?«, fragte ich Lisa. »Er hat mir gar nichts über sich erzählt, als er mich vom Bahnhof abholte.«

Aber bevor Lisa antworten konnte, sagte Jens: »Ich geh dann mal was im Garten arbeiten.« Der ganze Familien- und Gefühlskram wurde ihm allmählich wohl ein bisschen viel. Und das Reden auch.

»Beruflich ist alles tipptopp bei dem Jungen«, fing Lisa an. »Er hat ja nun schon immer was mit dem Meer zu tun haben wollen. Ganz anders als Jens. Biologie hat er studiert, in Hamburg und Kiel, und sich auf Meeresbiologie spezialisiert. Er arbeitet in Kiel, schon seit ein paar Jahren, am Institut für Meereskunde. Ich glaube, es gefällt ihm da. Wir sehen ihn nicht oft, obwohl er so nah ist, aber er ist auch viel unterwegs. Gibt ja schließlich auch woanders noch Meere.«

»Wohnt er denn auch in Kiel?«, fragte ich und verkniff mir die Frage, ob er mit einer Frau zusammenlebte. »Er hat mir nicht mal verraten, wo er wohnt.«

Lisa schüttelte den Kopf. »Die Männer! Bis die mal ein paar persönliche Worte ausspucken! Ja, er wohnt in Kiel, ich gebe dir die Adresse und Telefonnummer, dann könnt ihr euch doch mal verabreden. Ich versteh den Jungen nicht. Dabei hat er sich so gefreut, dich abzuholen! Niebeck rief bei uns an und wollte Jens fragen, ob er Zeit dafür hätte, und Malte rief gleich, er würde das machen. Es war ganz klar, dass er sich freute, dich wiederzusehen. Aber was er nun wieder hat ...«

Sie stand auf und holte Zettel und Bleistift. Sie stöhnte ein bisschen dabei. »Meine Hüfte«, meinte sie erklärend und fuhr dann fort: »Er hat mit den Mädchen lange Pech gehabt. Ich dachte schon, das wird nicht mehr. Dabei sieht er doch so gut aus und hat alles, wovon die Mädchen träumen, außer der Million. Aber schlecht verdient er ja nun auch nicht.« Lisa reichte mir den Zettel mit der Adresse. »Aber jetzt hat er endlich eine Frau gefunden, mit der es wohl klappt. Letztes Jahr ist er mit Annika zusammengezogen. Ist ein nettes Mädchen, Biologin wie er. Sie haben sich in Dänemark kennengelernt, als er ein Semester in Odense machte. Sie arbeitet auch an der Uni Kiel, aber an einem anderen Institut, glaube ich.« Lisa seufzte. »Nun hoffen wir mal, dass das was wird mit den beiden. Ich möcht' ja auch mal Enkelkinder kriegen. Das wäre auch genau das Richtige für Jens: Großvater werden. Da wär er endlich beschäftigt. Du kannst dir nicht vorstellen, wie das ist, wenn man sich seinen Alltag so über Jahre hinweg eingerichtet hat, und plötzlich funkt da einer immer zwischen und sitzt und steht im Weg, egal, was du gerade anfasst.«

Ich nickte, obwohl ich mir das nicht so richtig vorstellen konnte.

Annika hieß sie also und lebte mit ihm zusammen. Und offenbar hatte Malte kein großes Interesse – gar kein Interesse –, uns zusammenzubringen. Mich in sein heutiges Leben hineinzulassen. Irgendwie kränkte mich das.

»Nina, und du?«, fragte Lisa und sah mich forschend an. »Wie geht es bei dir? Hast du einen festen

Freund?« Dass ich keinen Ehering trug, hatte sie natürlich längst gesehen.

»Ja«, nickte ich. »Ich lebe mit Leo zusammen. Wir haben uns auch bei der Arbeit kennengelernt.« Dann schwieg ich wieder. Ich habe mich noch nie gut verstellen und Konversation machen können. Die Frage nach Kindern stellte Lisa nicht. Sie dachte wohl, das hätte ich sicher von allein erzählt, wenn ich welche hätte. »Und, wollte dein Freund sich das Haus nicht auch ansehen, das du erbst?«

Ich schüttelte den Kopf. »Ihn zieht es mehr nach Süden. Er will schönes Wetter, wenn er Ferien macht, und ein Meer, aus dem man nicht bibbernd rauskommt. Wir arbeiten beide viel; er findet es nicht klug, sich hier noch eine Baustelle aufzumachen.«

»Mit dem Laden hast du tatsächlich was am Hals«, gab Lisa zu, »der rentiert nicht mehr. Das hat Rike erzählt. Hast ja gesehen, als du hier ins Dorf kamst – da ist nichts mehr, kein Laden, kein Bäcker, kein Metzger, gar nichts. Nur das Gartenlokal, wo sie ein paar edel verpackte Bio-Spezialitäten an Touristen verkaufen, die hier durchkommen. Hast du schon überlegt, was du mit dem Geschäft machen willst? Die Oma wird sich im Grab rumdrehen, wenn du den Laden dichtmachst. Aber das Haus wirst du doch sicher behalten?«

»Niebeck, der Bürgermeister, hat angedeutet, dass es Schulden geben könnte. Ich muss mit dem Notar reden, ich weiß noch nicht, was ich mache. Mit dem Laden sicher nichts. Und ob ich das Haus behalte, weiß ich auch nicht. Wenn Leo nicht mitzieht – was soll ich allein hier oben in den Ferien?«

»Nee, Nina, nun gib mal nicht so schnell auf. Ist doch ein wunderschönes Haus! Das könntest du sicher problemlos vermieten. So könntest du in Ruhe drüber nachdenken, wonach dir zumute ist. Willst du nicht mal mit Malte darüber reden? Er kennt sicher jüngere Leute in Kiel, die gern aufs Land ziehen würden, wenn ein so schönes altes Haus frei wird. Ist ja nur ein Katzensprung ans Meer und nicht weit von der Stadt.«

Mein Herz begann zu stolpern. Lisa gab mir einen handfesten Grund, Malte anzurufen. Ich konnte ihn um ein Treffen bitten, und er würde meine Bitte nur schwer abschlagen können. Na ja, er könnte einfach sagen, er müsse gerade auf Forschungsreise ins arktische Meer. Aber … das glaubte ich mir selber nicht.

9

Als ich das Büro des Notars verließ, hatte ich Kopfweh. Gern hatte ich ihm den Auftrag erteilt, Licht in die finanziellen Verhältnisse zu bringen, ihm alle Unterlagen samt meiner Telefonnummer dagelassen und beschlossen, gleich nach meiner Rückkehr nach München mein Testament zu machen. Es macht die Sache einfach leichter für alle, die zurückbleiben, auch wenn man einen gewissen Trost darin findet, sich für die Zeit nach dem eigenen Ableben nur noch die Sintflut vorzustellen.

Der Himmel war jetzt von einem unentschiedenen Grau, und in meinem Gemüt sah es ähnlich aus. Ich ging zur Förde, um mir die Fährschiffe anzusehen, die wie riesige weiße Wohnblocks vor Anker lagen und bald nach Norwegen und Schweden auslaufen würden. Dort waren die Nächte noch heller als hier. Das Fernweh regte sich in mir, aber wenn ich ehrlich war, mischten sich erhebliche Fluchtgedanken darunter. Ich wusste nicht so richtig weiter und hätte ganz gern einfach alles hinter mir zurückgelassen, was mich an

Fragen und Gefühlen bedrängte. In Oslo oder Göteborg hätte ich mich nicht fragen müssen, ob ich nun den Zettel mit Maltes Telefonnummer aus der Hosentasche ziehen und anrufen sollte. Malte wäre ganz weit weg gewesen und die Idee, ihn anzurufen, auch.

Es fing an zu nieseln, und ich stand da wie ein verzagtes Kind, das mit der Welt hadert. Natürlich hatte ich keinen Anorak oder Schirm dabei, hatte ja nicht schlecht ausgesehen heute Morgen. Es regnete nicht etwa in dicken Tropfen und es goss auch nicht aus Kübeln, es feuchtete mich nur sanft und unnachgiebig durch, bis alle Klamotten so klamm waren wie meine Gedanken. Ich wollte jetzt auch nicht mehr nach Norwegen oder Schweden, da waren die Winter nämlich unendlich dunkel und lang, wie jeder weiß. Und so grau wie es jetzt war, dachte man sofort an den Winter, auch wenn gerade Sommer war.

Ich rief Malte nicht an, stieg ins Auto und fuhr zurück nach Nordhült, um mein Gesicht im Fell des Katers zu vergraben. Und natürlich wollte ich nicht bei Gesche zu Abend essen. Das hätte mir noch den letzten Nerv geraubt. Das Autoradio verströmte Munterkeit, die Moderatoren überboten sich an guter Laune, am liebsten hätte ich das Radio mit einem Fußtritt zum Schweigen gebracht, wenn ich die Füße nicht anderweitig gebraucht hätte. Auf einmal kullerten mir Tränen übers Gesicht, und ich wusste plötzlich, was mit meiner Stimmung los war: Ich ging auf Mitte dreißig zu, und die Kinderfrage holte mich ein. Mal wieder. Obwohl ich sie fast bombensicher eingebunkert hatte nach der letzten grundlegenden Diskussion mit Leo letztes Jahr. Weil Lisa Feddersen von Enkelkindern gesprochen hatte, die sie von Malte wollte. Ich stellte das Auto etwas entfernt vom Haus ab und schlich mich an Gesches immer wachem Auge vorbei ins Haus.

Warum hatte Tante Friederike eigentlich keine Kinder gehabt?

Der Kater war nicht da. Ins Badezimmer hatte es hineingeregnet, weil ich das Fenster offen gelassen hatte. Das Haus wirkte so trüb wie der Himmel. Ich machte Licht, setzte mich an den Küchentisch und hatte auf einmal Sehnsucht nach meinem Münchner Zuhause. Und nach Leo, ja, auch nach Leo, obwohl er keine Kinder wollte und keine Katzen und kein Haus in Nordhült. Wahrscheinlich hatte er völlig recht. Warum sich immer an die Vergangenheit klammern? Man muss auch mal mit etwas abschließen können. Übrigens auch mit der unlösbaren Kinderfrage.

Immerhin hatten Leo und ich doch ein prima Leben zusammen. Und die Geschichte mit meinem Vater und Rike ließ ich am besten auch auf sich beru hen. Warum meinen Vater nach so vielen Jahren noch darauf ansprechen? Eine nachträgliche hochnotpeinliche Befragung half niemandem. Ich würde die Waren, die noch im Laden waren, billig losschlagen, ein paar Fotos und Erinnerungsstücke mitnehmen und das Haus zum Verkauf ausschreiben. Von der erlösten Summe konnten die etwaigen Schulden beglichen werden, und die Sache wäre geregelt.

»So machen wir's«, sagte ich laut, nahm den Korb, holte Holz im Schuppen und machte Feuer im Kaminofen. Ich zog einen der Korbsessel nahe ans Feuer, kuschelte mich in eine Decke und sah den Flammen zu. Der Kamin zog nicht besonders, und ich ertappte mich bei dem Gedanken, dass ich mal einen Kaminfeger konsultieren müsste. Von irgendwoher erschien der Kater, starrte irritiert auf das knisternde Züngeln der Flammen und sprang dann mit einem Satz auf meinen Schoß. So saßen wir und jeder dachte sich das Seine.

Erst als uns der Hunger zum Kühlschrank trieb, sah ich, dass dort eine Schüssel stand. Darunter lag ein Zettel von Gesche: »Guten Appetit! Falls du nicht rüberkommen willst – ich hab eine Portion Labskaus für dich mitgemacht. Brauchst es nur in der Pfanne warm machen und dir ein Spiegelei dazu braten.«

Gerührt und beschämt schlug ich ein Spiegelei in die Pfanne. Meine Laune hellte sich zusehends auf. Umsorgt werden ist eben doch ganz schön. Ein kühles Bier zum aufgewärmten Labskaus mit Ei und Gurke, dazu Cat Stevens aus Rikes CD-Player, das war doch was, und der Kater schien sich an mich zu gewöhnen – jedenfalls nahm er auf dem Stuhl neben mir Platz und saß artig bei Tisch. Nur manchmal legte er vorsichtig die Pfote auf den Tisch in zarter Andeutung, dass er durchaus zum Mitessen bereit war. Ich aß nicht nur mehr, als für meine Linie gut war, sondern auch mehr, als ich eigentlich konnte, und summte zufrieden *Morning has broken* mit, als das Telefon klingelte. Das Telefon, nicht das Handy. Rief da jemand an, der noch gar nicht wusste, dass Friederike tot war, oder jemand, der wusste, dass ich zufällig gerade hier war? Zögerlich nahm ich den Hörer ab. Es war Rick Thienemann. Er saß im *Dorfkrug* und wollte fragen, ob ich Lust hatte, vorbeizukommen.

»Heute nicht«, sagte ich, aber ich freute mich, dass er sich gemeldet hatte. »Ein andermal sehr gern, wirklich!«

»Der *Dorfkrug* ist ein Muss«, sagte er. »Wenn Sie Lust haben, könnten wir morgen Abend zusammen was essen. Es schmeckt gar nicht übel hier. Es sei denn, Sie wollen zu mir kommen, dann würde ich Sie bekochen.«

Ich sagte zu. Immerhin gab es noch eine Menge in Nordhült zu entdecken, solange ich hier war.

10

An diesem Abend hörte Leo geduldig zu. Es ging ihm schlecht, und er war froh, dass er mich erreichte.

»Wir haben einen neuen Controller im Verlag«, sagte er, »unverbrauchte Anfang dreißig und, wie es heißt, zu allem entschlossen, auch dazu, Unternehmensberater ins Haus zu holen. Ist wohl schon eine beschlossene Sache. Reorganisation, verstehst du?« Leo tat mir leid. Das klang nach Kündigungen. »Ich bin ganz durcheinander«, sagte er leise, und ich: »Ich vermisse dich. Heute war mir ganz jämmerlich.«

Es war schön, dass Leo nachfragte, und ich erzählte von meinem Tag und meinen Zweifeln und Gefühlen, jedenfalls den meisten, und er hielt sich tatsächlich mit Ratschlägen zurück und sagte nur: »Schlaf gut und komm bald zurück.«

Alles war wieder okay. Ich öffnete den oberen Teil der Haustür und steckte den Kopf ins abendliche Dunkel hinaus. Die Wolkendecke war aufgerissen, durch eine Lücke sah man den Mond. Und ein, zwei Sterne sah man auch. Es war ganz still draußen, kein

Wind, kein Regen. Der Boden duftete. Zeit, ins Bett zu gehen und noch ein bisschen zu lesen. Mal gucken, was Rike so im Regal stehen hatte. Und dann war ich doch zu faul und blätterte nur eine Gartenzeitschrift durch. Mit Rezepten für Himbeermarmelade. Richtig, die Himbeeren, dachte ich. Morgen muss ich mal nach ihnen schauen.

Ich war schon dabei einzunicken, als ein helles Wiehern mich aus den Kissen riss. Es klang so nah, als streckte ein Pferd den Kopf durchs Fenster hinein, um mir ganz persönlich eine Botschaft zu überbringen. Draußen stockdunkle Nacht. Ich knipste das Licht an, schlüpfte in meine Sandalen, zog die Strickjacke über und öffnete vorsichtig die Haustür.

Ich weiß nicht, wer mehr erschrak: das Pferd oder ich. Das Tier machte einen Satz zur Seite, senkte den Kopf, schnaubte nervös, blieb aber stehen. Sein Fell schimmerte sanft in der Dunkelheit und ich glaubte, meinen Augen nicht zu trauen: Die Nacht hatte mir einen Märchenschimmel geschickt, mir, Nina! Ein Pferd in meinem Garten, ungesattelt, ungezäumt, das seine Mähne schüttelte, ratlos wie ich selbst. Ein paarmal hatte ich als Kind hier oben in Nordhült auf einem Ross gesessen, auf dem breiten Haflinger von Piet zum Beispiel, aber ich würde nicht sagen, dass ich reiten kann. Und ein bisschen Angst vor Pferden habe ich auch. Und jetzt, was sollte ich jetzt machen? Ich konnte doch das Pferd nicht einfach vor meiner Haustür stehen lassen, es gehörte doch wem! Und sicher wurde es schon vermisst. Ich zog die Gummistiefel an und schlich mich mit langsamen, möglichst ruhigen Bewegungen an dem Ross vorbei aus dem Garten – nicht, dass das Pferd womöglich noch ausschlug, wenn es Angst bekam!

In Gesches Küche war noch Licht, Gott sei Dank.

»Na, das ist ja eine Überraschung zu später Stunde! Nina!«, sagte Gesche, schon im Nachthemd. »Da hast du aber Glück, dass ich schon an seniler Bettflucht leide und mir gerade noch einen Tee gemacht hab. Wenn ich nämlich dann mal schlafe, weckt mich so schnell nichts auf, min Deern, das Schlafzimmer geht nämlich nach hinten raus und ich hör nicht mehr ganz so gut wie früher. Was is denn los?«

Ehe ich etwas sagen konnte, drang ein Wiehern aus meinem Garten herüber. Gesche stutzte.

»Ja … nein, steht der Prinz da drüben bei dir vor dem Haus? Ist der Kerl etwa schon wieder ausgerissen?«

Ich blickte sie verständnislos an.

Gesche zog mich ins Haus. »Mädchen, du holst dir noch eine Erkältung«, sagte sie mütterlich, »komm erst mal rein. Ich weiß nicht, was mit dem Tier los ist, das

Pferd büxt bei jeder Gelegenheit aus. Steht bei Niebeck im Stall, gehört aber einer Frau von ich-weiß-nicht-wo, die offensichtlich nicht klarkommt mit dem Kerl. Na, ist noch ein junges Ross, der Prinz. Rasse hat er, das muss man ihm lassen. Rennt wie der Wind. Nu wecken wir mal den Niebeck auf, er soll rüberkommen und den Ausreißer abholen. Aber erst probier ich mal, den jungen Kerl an einem deiner Bäume anzubinden.«

Meine Achtung vor Gesche wuchs mit jeder Minute. Sie schlüpfte mit ihren Bettsocken in die Gummistiefel, die im Eingang standen, griff sich ein Seil, das an der Garderobe hing und tatsächlich einem Lasso glich, und stapfte los.

»Na, mein Guter«, sagte sie beschwichtigend, und der Weiße blieb tatsächlich stehen, als Gesche seinen Hals tätschelte und langsam und vorsichtig die Lassoschlinge über seinen Kopf streifte. Sie ließ die Schlinge ganz locker, sah sich um, entschied sich für meinen Pflaumenbaum, schlang das Seil mehrmals um den Baum und verknotete es mit einem wahrscheinlich sehr kenntnisreichen, zuverlässigen Knoten.

»Gutes Pferd«, sagte sie zufrieden, »braver Prinz. Schön ruhig bleiben, mein Lieber.« Dann drehte sie sich zu mir um. »Komm, wir rufen Niebeck an.«

Ich nickte stumm, ergriffen von Gesches Pferdeflüsterer-Kenntnissen.

Kurz darauf erschien der Bürgermeister, legte dem Schimmel Zaumzeug an und verschwand mit ihm in der Nacht.

Ich musste länger als sonst geschlafen haben, jedenfalls klingelte mich das Handy am Morgen aus einem Halbschlaf mit wirren Träumen, durch die ganze Pferdeherden galoppiert waren. Ich meldete mich mit einem undeutlichen »Ja?«.

»Guten Morgen! Störe ich dich? Bin ich zu früh?«

Schon saß ich kerzengerade im Bett. Es war Malte.

»Nein, nein! Gar nicht.« Pause. Mehr fiel mir im Moment nicht ein. Ich tastete nach meiner Uhr. Neun. Da darf man sogar fremde Leute anrufen.

»Meine Mutter meinte, du hättest Fragen wegen des Hauses und ich könnte dir vielleicht weiterhelfen.«

Er rief also nur an, weil Lisa ihn dazu aufgefordert hatte. Das zählte nicht. »Ich hab nur gesagt, dass ich noch nicht weiß, ob ich das Haus behalten oder verkaufen soll.«

»Schon gut! Ich will mich nicht einmischen! Meine Mutter dachte nur, es gäbe vielleicht noch was zwischen Schwarz und Weiß.«

»Grau hat mir noch nie gefallen«, sagte ich pampig und bereute es schon, bevor der Satz zu Ende war. Ich war ungerecht. Immerhin hatte er gleich um neun angerufen. So konnte man es ja auch sehen.

»Könnte es sein, dass du noch nicht gefrühstückt hast?«, fragte Malte.

»Ja«, brummte ich. »Ich bin unleidlich, weil ich verschlafen habe. Und ich habe noch keinen Kaffee gehabt.«

Malte lachte. »Du hast doch Ferien! Warum sollst du nicht ausschlafen?«

»Stimmt. Aber die Geschichte hier treibt mich um. Eigentlich ist es doch Quatsch, an beiden Enden Deutschlands ein Haus haben zu wollen. Und dann hängt da noch der Laden dran. Brauchst du zufällig ein paar Kilo Mehl?«

Der Kater fühlte sich durch meine gebesserte Stimmung ermuntert, aufs Bett zu springen.

»Keine schlechte Idee«, meinte Malte. »Hast du heute Vormittag Zeit? Dann komm ich das Mehl holen.«

Oh Gott, ich hab die Haare nicht gewaschen, fuhr es mir durch den Kopf.

»Bist du noch da? Hast du Zeit?«

»Ja. Aber nur heute Vormittag.« (Kann mir irgendeiner sagen, warum ich eigentlich log?)

»Ich hab ja auch nur von heute Vormittag gesprochen. Soll ich Brötchen mitbringen? Es dauert aber eine gute halbe Stunde, bis ich da bin.«

»Brötchen ist gut«, sagte ich.

Und jetzt. Ich sah in den Spiegel. Mein Gott. Wenn man länger schläft als gewöhnlich, sind die Augen noch verquollener als sonst schon. Haare waschen schaffte ich noch, aber wo war Rikes Fön? Ich habe dickes, kastanienbraunes Haar, das trocknet ewig nicht.

Ich riss die Fenster auf und machte Durchzug, räumte das Geschirr von gestern Abend weg, wedelte die Krümel vom Tisch und schnitt ein paar Blumen im Garten ab. Der Kater sah meinem hektischen Treiben missmutig zu. Dann hielt ich inne. Sollte ich jetzt die verwelkten Blumen wegwerfen, die schon auf dem Tisch gestanden hatten, als ich kam? Irgendwann musste ich sie abräumen, aber für einen Moment schien es mir, als übertrete ich mit diesem unbedeutenden Akt eine Schwelle, als nähme ich das Haus damit symbolisch in Besitz. In meinen Besitz. Ich verscheuchte den Gedanken, wusch das Glas aus und stellte die neuen Blumen auf den Tisch. Auch sie waren schließlich aus Rikes Garten.

Ich hörte Maltes Auto schon von weitem. Und obwohl ich mir den Satz »Er hat eine Frau namens Annika« mantramäßig vorsagte, wurde mir heiß und flatterig. Malte gab mir einen Kuss auf die Wange und lächelte sein argloses, Boden unter den Füßen wegziehendes Lächeln. Das Schlimme ist, dass man, wenn man aufgeregt ist, immer vergisst, was man sich doch unbedingt merken wollte. Was hatte Malte zur Begrüßung gesagt? Alles weg.

Jedenfalls frühstückten wir, als wenn Malte auch schon hier zu Abend gegessen hätte. Plötzlich ließ er die alte Vertrautheit zu. Aber ich war darauf gefasst, dass er innerlich wieder einen oder zehn Schritte zurückkrebste. Dann würde er auf einmal wieder unbeteiligt und formell klingen. Stattdessen hatte er Lust, in den Laden zu gehen. »Zeig mir doch mal das Mehl«, sagte er grinsend, und ich ging voraus, mit einem ganz komischen Gefühl, den Ladenschlüssel in der Hand.

»Die alte Eistruhe!«, rief er aus, als wir im Laden standen. Er hob den Deckel und guckte hinein. »Nee, das geht doch nicht. Ist ja abgestellt! Unmöglich!«

Wir standen nebeneinander, ziemlich nah, und die Härchen an meinen Armen stellten sich auf, als wollten sie zu seinen hinüberreichen und seine braune Haut berühren. Er trug ein simples, unbedrucktes T-Shirt mit kurzen Ärmeln. Es steckte nur halb in den Jeans, als hätte er sich hastig angezogen, um hierherzukommen. Die Vorstellung gefiel mir, auch wenn ich völlig falschliegen sollte mit meiner Phantasie. Wir sahen uns an, aber Malte sah schnell wieder weg und ich auch.

»Stell dich mal hinter die Ladentheke«, sagte er, »und verkauf mir jetzt mal dein Mehl.«

Wir spielten Kaufmannsladen, und wir hatten einen Riesenspaß dabei, Malte und ich. Auf der Theke stapelten sich die Sachen.

»Ich hätte noch eine schöne Dose Nesquick da«, bot ich an.

»Danke schön, ich bin erwachsen«, antwortete Malte. Und ohne dass er es wollte, war das Spiel damit zu Ende. Er bemerkte es, und ich sah seinen grünbraun gesprenkelten Augen an, dass es ihm leidtat.

»Danke, dass du hergekommen bist«, sagte ich nach einer kleinen Pause. »Ich würde gern mit dir drüber reden, was man machen könnte, wenn ich das Haus nicht verkaufe. Hast du noch ein bisschen Zeit?«

»Natürlich«, gab er zurück. »Deshalb bin ich ja gekommen.«

Als ich noch klein war, habe ich immer gedacht, dass es für alte Leute ein schönes Gefühl sein muss, auf einer Bank vor dem Haus zu sitzen und dem Sonnenuntergang zuzusehen. Tante Rike saß aber selten auf der schön geschwungenen Holzbank vor dem Haus, jedenfalls als ich noch nach Nordhült kam. Wahrscheinlich hatte sie einfach zu viel zu tun. Und so alt, wie ich dachte, war sie damals ja auch noch nicht.

Jetzt weiß ich, dass man auch mit dreiunddreißig und ohne Sonnenuntergang auf so einer Bank ungeahnte Glücksgefühle entwickeln kann. Vorübergehend jedenfalls. Malte und ich saßen nebeneinander, die von der Sonne gewärmte Hauswand im Rücken, und sahen auf die Heckenrosen, die mit ihrem Grün und duftendem Rosa Rikes Garten begrenzten, und weiter über die Weiden bis zum Horizont. Ein paar Apfelbäume standen herum, auch ein paar Kühe, und in der Ferne ahnte man – da, wo das Wäldchen war – den Teich. Wenn man nebeneinandersitzt, muss man sich nicht ansehen, was manchmal durchaus praktisch ist, und trotzdem ist man sich nah. Je nachdem geradezu beängstigend nah.

Malte fand die Idee mit dem Vermieten gut. »Vielleicht hatte Rike gar keine Schulden und wenn, kriegst du das Geld über die Miete rein. Das Haus ist in gutem Zustand, da muss man jetzt nichts investieren. Mein Vater sollte nur mal das Dach anschauen – ich hab gesehen, die Spatzen haben sich da ziemlich breitgemacht. Die Höhlen, die sie sich im Reet gemacht haben, zerstören das Dach, das muss man flicken.«

»Den Laden könnte ich räumen«, dachte ich laut nach. »Früher war dort Opas Werkstatt. Die Regale könnten bleiben, es könnte sich jemand wieder eine Hobby-Werkstatt dort einrichten …«

»Oder ein Büro«, meinte Malte.

Aber als ich mir vorstellte, irgendwer könnte sich da niederlassen, überkam mich ein ganz merkwürdig eifersüchtiges Gefühl. »Jemand«, wer sollte das sein? Irgendein Fremder? Würde mir das gefallen, irgendwer in Tante Rikes Haus? Ich schluckte.

»Sag mir einfach, wenn du konkret einen Mieter suchen solltest. Vielleicht bewerbe ich mich ja um das Haus.«

»Zusammen mit Annika?«, fragte ich grimmig.

Malte sah mich überrascht an. »Ah, du weißt, dass ich eine Freundin habe? Hat meine Mutter wieder geplaudert? Ja, zum Beispiel mit Annika.« Seine Stimme klang ruhig, selbstverständlich.

Ich biss mir auf die Lippen und schwieg.

»Und wie heißt dein Freund?«, fragte Malte. Es klang freundlich und beiläufig, auf jeden Fall nicht so, als ob es ihm etwas ausmachte. »Meine Mutter hat natürlich auch das ausgeplaudert. Sie sagte, du wohnst mit ihm zusammen.«

»Ja«, sagte ich, »seit drei Jahren. Wir wohnen und arbeiten zusammen, Leo ist Vertriebsleiter in einem Verlag, und ich mache für das Haus die Buchumschläge.«

»Da passt ihr prima zusammen«, stellte Malte sachlich fest.

»Ihr habt ja auch den gleichen Beruf«, antwortete ich lahm.

Malte wurde wieder lebhafter. »Ja. Annika ist Biologin wie ich. Sie arbeitet aber nicht auf dem gleichen Gebiet, sie hat mit Biochemie weitergemacht und spezialisiert sich auf Molekularbiologie.«

»Und du? Tauchst hinunter in die Meere dieser Welt?«

Er lachte. »Ich arbeite am Institut für Meereskunde. Öfter auch über Wasser. Vor ein paar Jahren war ich mit einem Forschungsschiff unterwegs, der *Meteor*. Es ging in dem Forschungsprojekt um die ›Thermohaline Zirkulation und Variabilität des Nordatlantik‹.« Er sah mein verständnisloses Gesicht. »Wir untersuchten Veränderungen in der Tiefenzirkulation und Wassermassenverteilung im Nordatlantik. Aber du brauchst dich nicht tiefer in das Thema zu vergraben, ich beschäftige mich jetzt mehr mit umweltpolitischen Fragen. Es geht in meiner Arbeit um die verantwortliche Nutzung der Meeresumwelt. Die Weltmeere sind der größte und artenreichste Lebensraum der Erde, hast du ja sicher schon gehört. Sie bieten ungeheure Ressourcen, trotzdem wissen wir noch wenig von der Flora und Fauna der Ozeane. Es ist ein sehr spannendes Forschungsgebiet.«

Er hatte sich in Feuer geredet, und ich fand meine Welt der Buchumschläge ziemlich klein angesichts der Weltmeere, in denen er sich bewegte. Ich glaube, er sah mir das an, denn er sagte: »Wir kochen auch nur mit Wasser. Und aufregend ist die Arbeit auch nicht jeden Tag. Daten auswerten ist mühsame und langweilige Kleinarbeit.« Dann sah er auf die Uhr. »Ich muss zurück ins Institut. Wie lange bist du noch hier? Wollen wir uns noch mal treffen? Willst du mal zu Annika und mir nach Hause kommen?« Die Einladung kam etwas zögerlich über seine Lippen.

Ich dachte nach, schüttelte den Kopf und sagte doch tatsächlich: »Ich bin auf jeden Fall noch ein paar Tage da. Ich würde wahnsinnig gern mal mit dir ans Meer fahren. Nur du und ich. Mit dem Fahrrad. Wie früher. Wenn du auch Lust dazu hast.«

Malte nickte, als sei das ein völlig normaler Wunsch. »Klar, können wir machen. Ich kann aber jetzt noch nichts Genaues abmachen, muss erst sehen, wie und wann ich freimachen kann. Ich ruf dich an. Wenn ich meine Mutter richtig verstanden habe, hat sie dir auch meine Nummer gegeben und unsere Adresse. Melde dich. Jederzeit. Ich hab Annika schon von dir erzählt.«

Musste er sie denn immerzu erwähnen? Er fuhr davon und ließ mich mit einem echten Gemischtwarenladen an Gefühlen zurück. Gestern wollte ich noch schleunigst heimfahren zu Leo. Und jetzt wollte ich mit Malte ans Meer. Und Annika wollte ich überhaupt nicht kennenlernen. Muss das Leben so kompliziert sein?

11

Malte war schon lange weg, und ich stand noch immer in der Tür und sah ihm nach. Dann befiel mich einer jener Zustände, der das Verliebtsein so anstrengend macht: Ich fing an, wie eine Wilde herumzuwuseln. Ich begann, das Frühstücksgeschirr abzuwaschen, aber mittendrin fiel mir ein, dass man mal das Bad putzen sollte. Kaum war ich im Bad zugange, ließ ich den Lappen sinken und rannte in den Garten. Ziemlich viele Himbeeren waren schon reif. Ich pflückte sie und sah dazwischen versonnen in den Himmel hinauf, ohne ihn zu sehen.

Im Haus fand ich ein paar saubere Gurkengläser und beschloss, sofort Himbeermarmelade zu kochen. Mit normalem Zucker, den Gelierzucker hatte sich Gesche gesichert. Ich schüttete die Marmelade und den Zucker in einen Topf, erhitzte das Ganze, rührte, und die Himbeeren schäumten in einem ganz unglaublichen Rosarot auf. Ich machte zum ersten Mal in meinem Leben Marmelade. Wie lange lässt man das Gemisch kochen? Die rote Masse blubberte und spritzte. Das Heft, das ich gestern Abend studiert hatte, lag natürlich nicht neben mir auf dem Tisch, sondern irgendwo neben oder unter dem Bett. Ich traute mich nicht von meinem Marmeladentopf weg, um es zu suchen. Aber man hat ja schließlich seinen gesunden Menschenverstand. Ein paar Minuten taten es sicher. Ich goss das schäumende Rot in die Gläser und schraubte zu. Meine Mutter sagte immer, man müsse einen nassen Lappen unter die Gläser legen, damit das Glas nicht springt, wenn Heißes hineingegossen wird. Diesen Rat immerhin habe ich automatisch befolgt. Es lebe die Langlebigkeit mütterlicher Erziehung!

Dann saß ich vor den drei frisch gefüllten Gläsern mit dem Knoblauchgurken-Etikett, und ein paar Tränen fielen mir aus dem Gesicht. Keine Ahnung, warum. Weil ich zum ersten Mal in meinem Leben Marmelade gekocht hatte?

Es war inzwischen Nachmittag und zu bewölkt, um im Garten ein Mittagsschläfchen zu halten. Ich musste sowieso besser früher als später den Laden systematisch unter die Lupe nehmen. Und ich wollte mich noch mit Rick Thienemann verabreden. Warum nicht mich von ihm bekochen lassen? Der *Dorfkrug* lief nicht weg, und Thienemann freute sich, als ich anrief und sagte, ich käme gern am Abend zu ihm hinüber.

Ich fand Rikes Warenbestellungsaufträge (sie hatte die Verkaufspreise hinter den Einkaufspreisen aufgeführt), bewaffnete mich mit einem Block und einem Kugelschreiber und ging in den Laden. Damit die unnützen Gedanken in meinem Kopf endlich mal aufhörten.

Das gelang. Aufs Neue erlag ich, kaum hatte ich unter dem Klingeling der Ladenglocke Rikes Reich betreten, dem leicht angestaubten Charme der Remise. Tante Friederike mochte nicht die Ordentlichste aller Frauen gewesen sein, aber alles, was sie angefasst, eingerichtet, aufgestapelt und dekoriert hatte, zeugte von der Liebe zu den Dingen, mit denen sie sich abgab. Nur zu gern begab ich mich in den Zauberbann, der sich in etlichen Spinnweben materialisiert hatte.

Als ich zum ersten Mal wieder auf die Uhr sah, war es schon halb sieben. Ich hatte die Zeit völlig vergessen über den Warenbestandslisten, die ich ordentlich und mit Begeisterung, aber völlig unprofessionell auf meinem Block anlegte. Da ich die Einkaufspreise und die Verkaufspreise hatte, konnte ich nach Erfassung der vorhandenen Waren berechnen, wie viel Geld im Lager steckte. Soweit ich das aus den Unterlagen klären konnte, hatte Rike die Rechnungen der Warenlieferungen alle beglichen. Nun ging es darum, noch etwas über den Abverkauf einzunehmen, um diese

Summe andernorts zur Bezahlung von sicher noch offenen Rechnungen verwenden zu können.

Ich war mit Feuereifer bei der Sache, und das Verrückte war, die Arbeit machte mir einen Heidenspaß, obwohl ich schon immer abgrundtief schlecht in Mathematik war. Leo würde mich auslachen, wenn ich ihm das erzählte, verspotten würde er mich. Trotzdem: Es befriedigte mich, mir einen Überblick zu verschaffen, und das Ergebnis meiner Arbeit machte mich stolz. Da konnte niemand kommen und herumkritteln, »Grün mögen die Buchhändler nicht« oder »Weiß ist keine Coverfarbe« oder »Die Schrift muss unbedingt etwas größer werden und diese hier dafür viel, viel kleiner, und überhaupt brauchen wir ein völlig anderes Bildmotiv, wo haben Sie dieses komische Foto denn gefunden«. Nein, meine Listen waren unanfechtbar, und außerdem interessierten sie niemanden außer mich.

Offensichtlich hatte Rike in der letzten Zeit schon sehr vorsichtig bestellt, sich kein großes Warenlager angelegt und kaum noch Lebensmittel geführt, die relativ verderblich waren. Die schwierige Lage war ihr wohl nur zu bewusst gewesen. Und offensichtlich hatte sie versucht, defensiv darauf zu reagieren. Das war kein Wunder. Zum einen ging es allen kleinen Läden auf dem Land ähnlich, zum anderen war sie nicht mehr die Jüngste. Immerhin war sie in einem

Alter, wo die meisten Leute schon auf Seniorenreisen in der ganzen Welt unterwegs sind. Vielleicht konnte mir Rick Thienemann mehr darüber sagen, wie Rike sich die Zukunft vorgestellt hatte …

Ich schloss den Laden ab, als hätte ich seit Jahrzehnten nichts anderes gemacht, als auf diese Weise meinen Feierabend zu beginnen, zog mich um, kredenzte dem Kater, der stets auftauchte, wenn ich vorhatte, das Haus zu verlassen, ein Stück von dem Matjes, der noch eingewickelt in meinem Kühlschrank lag (ich weiß, zu salzig für Katzen), klemmte mir eine Flasche Rotwein unter den Arm und zog die Haustür hinter mir zu. Sehr weit konnte es zu Rick Thienemann nicht sein, gerade der richtige Abendspaziergang, dachte ich, als Gesche auf der Bildfläche erschien. Sie hatte den Rotwein sicher sowieso schon erspäht, also kam ich ihr zuvor und übernahm die Gesprächsführung.

»Hallo, Gesche«, rief ich, »das ist gut, dass ich dich gerade treffe. Vielleicht kannst du mir helfen. Ich will zu Rick Thienemann, dem Übersetzer. Er wohnt außerhalb vom Ort, wie geh ich denn da am besten?«

Ihre Augen leuchteten kurz auf, und es war böse von mir, immer nur Neugier darin zu vermuten. Sie war einsam und suchte ein bisschen Kontakt, und das war ja in Ordnung.

»Natürlich kenne ich den Thienemann. Kam ja oft genug hierher, um Rike zu besuchen. Ich existierte für ihn gar nicht, aber so ist das mit den Fremden, die lassen sich bei uns nieder und kümmern sich nicht weiter. Die wollen nur ihre Ruhe haben. Aber Rikchen, die war so ein Zwischending. Ihre Eltern kamen zwar aus der Gegend, aber sie is lang weg gewesen, in Indien sogar. Da bleibt was in den Kleidern hängen, so ganz wie von hier wird das dann nich mehr. Hat sich wohl verstanden mit der anderen Art, die der Thienemann hat. Jedenfalls sind sie immer mit dem Fahrrad los, und das andere, na, das ist ja ihre Privatangelegenheit gewesen, da hält man sich man besser raus.«

»Und wie komme ich jetzt am besten zu Thienemann hin?« Ich versuchte sie wieder auf die Zielgerade zu bringen.

»Ganz einfach. Das ist schnell erklärt.«

Ich atmete erleichtert auf.

»Ich wusste sofort, wenn sie zu ihm wollte.«

Das konnte nun wieder ganz woanders hinführen. Darum unternahm ich einen weiteren Vorstoß, ehe sie die Geschichte ausbauen konnte. »Muss ich da hier gleich links aus dem Dorf raus?«

Gesche spitzte die Lippen, als wolle sie darauf eine ganz andere Antwort als die erwünschte geben, besann sich aber, nickte und meinte: »Ich seh schon, wenn wir hier noch lange stehen, wird der Rotwein zu warm. Ja, hier nach links und hundert Meter nach dem letzten Haus wieder nach links in den Feldweg rein. Das ist die Abkürzung. Führt direkt zu seinem Haus. Mit dem Fahrrad wärst du schneller, zu Fuß hast du knappe zwanzig Minuten.« Sie sah auf die Sandalen an meinen Füßen. »Aber nimm man besser eine Taschenlampe mit, hier gibt's keine Großstadtbeleuchtung, sonst stolperst du ganz schnell mal auf dem dunklen Weg.«

Sie unterbrach sich und dachte kurz nach. »Na, ich denk ja doch, der Herr Thienemann wird dich mit dem Auto zurückbringen. Und jetzt ist es ja noch hell.«

Sie hatte die Kurve zu ihrer netten Seite wieder gekriegt und tätschelte mir den Arm. »Nun lauf aber, sonst kommst du noch zu spät, min Deern.«

Und das ließ ich mir nicht zweimal sagen.

Der Mohn streute vereinzelte rote Tupfer in das helle Gelb des Weizens, und ich blieb wieder und wieder stehen, um das immer gleiche Bild in mich aufzunehmen. Das war keine spektakuläre Landschaft, es lohnte sich nicht mal, ein Foto zu machen, und doch erfüllte mich die Weite, die vor mir lag, mit einem Gefühl von Glück und Zufriedenheit. Der unbegrenzte Blick, die gelassene Linie des Horizonts machte mich so leicht wie einen Vogel, der nur die Flügel ausbreiten muss, um sich vom Wind in die Lüfte tragen zu lassen. Ja, es war, als flöge ich über diese Weite, ohne Anstrengung, schwebend und erstaunt, dass die Welt sich einfach so unter mir ausbreitete wie ein riesiger Flickenteppich aus Grün und Gelb. Ein Flugzeug zog ganz weit oben seinen weißen Kondensstreifen hinter sich her. Nach einiger Zeit plusterte er sich auf und verging schließlich im Blau. Plötzlich hatte ich Lust zu singen, aber ich kannte kein Lied auswendig, außer »Komm lieber Mai und mache die Bäume wie-ie-der grün und lass mir an dem Bache die kleinen Vei-ei-lchen blüh'n …«. Und singen kann ich auch nicht. Aber hier hörte einen ja eh keiner. Da lag ich falsch, denn kaum schmetterte ich drauflos, kam mir auf dem Feldweg ein kleiner offener Geländewagen entgegen, den ein sehr gut aussehender junger Mann steuerte. Er grinste und hob eine Hand lässig zum Gruß, und mir blieben die nächsten Töne gleich im Hals stecken.

Rick Thienemann stand vor seinem winzigen Haus und winkte mir von weitem zu. »Da haben Sie ja gleich die Bekanntschaft mit unserem Feudalherrn gemacht«, sagte er, »auch meine Puppenstube hier gehört zum Großgrundbesitz der von Lauterbecks, war mal ein Jägerhäuschen, weil sich Fuchs und Has' hier gute Nacht sagen. Kommen Sie rein ...«

Das Häuschen war ein Juwel. Es bestand aus nur zwei Zimmern. Unten war die Küche und das Wohnzimmer, oben das Schlafzimmer. Ein winziges Bad hatte man bei der Küche abgezwackt. »Für einen genügt's«, meinte Thienemann und servierte mir an dem schönen alten Holztisch zur Begrüßung ein Glas kühlen Weißen. »Wir haben das Häuschen als Ferienhaus gemietet, aber irgendwann war es meine Frau leid, hier am Wochenende immer hinzukommen. Kurz darauf hatte sie auch von mir genug, und da bin ich erst mal hierher gezogen, eigentlich nur, weil ich so schnell in Hamburg keine neue Wohnung fand. Dann merkte ich, dass ich mich hier sehr wohlfühlte, und versuchte, das Häuschen zu kaufen. Aber da war nichts zu machen.« Er lachte unbekümmert. »Aber Eigenbedarf wird der junge Lauterbeck wohl eher nicht anmelden, schätze ich.« Thienemann schob eine CD ein, und *The Doors* erfüllten das Häuschen, das schätzungsweise aus dem achtzehnten Jahrhundert stammte, mit ihrem Sound, und ich wusste, in diesem Haus und mit diesem Menschen würde ich mich wohlfühlen.

»Haben Sie Lust, ein bisschen Petersilie zu hacken? Die Kartoffeln sind gleich gar, und der Fisch ist auch so weit.« Thienemann deckte schöne alte Teller auf, ein Jagdservice mit Hasen, Hirschen und Fasanen in Weiß-Blau, und holte dann den Salat herein. Ich breitete die Serviette über meinen Schoß und dachte: *Gut gemacht, Rike, ihr hattet es sicher schön miteinander. Und hoffentlich hat das Glück eine Weile gedauert.*

»Schade, dass wir nur drei Jahre zusammen hatten, Rike und ich«, sagte Rick, der meine Gedanken erraten zu haben schien. »Ich wollte, ich hätte sie ein Leben lang gekannt. Sie war einfach wunderbar. Ich habe nie verstanden, dass sie nicht verheiratet war, aber sie zuckte nur die Achseln, wenn ich das sagte. ›Ich lebe genauso, wie ich es will‹, gab sie dann zur Antwort. Und wenn ich mich beklagte, dass wir uns nicht viel früher getroffen hatten, brachte sie das zum Lachen. ›Besser jetzt als nie‹, sagte sie, ›wir machen's dafür bis hundert!‹ Nein, sie dachte wirklich nicht ans Sterben, sie war so voll und ganz auf der Welt, wie ich es selten bei einem Menschen erlebt habe.«

Rick gefiel mir. Und er kochte göttlich. »Es schmeckt wunderbar«, sagte ich. »Vielen Dank für die Einladung. Und: Ich hätte auch nichts gegen eine zweite Portion …«

»Ich mag Frauen, die essen«, antwortete er zufrieden. »Wäre es okay, wenn wir uns duzen?«

Aber sicher war es das. Rick kam wieder auf Friederike zu sprechen, es tat ihm gut, und ich hätte ihm am liebsten bis zum anderen Morgen zugehört.

»Wenn ich nicht so von ihrem Tod betroffen wäre, würde ich sagen, es war ein guter, ein passender Tod. Er hat sie mitten aus dem Leben gerissen, ohne lange Krankheit, ohne den langsamen Verlust von diesem und jenem, was das Altwerden so traurig macht. In meiner Trauer ist viel Selbstmitleid. Weil ich sie nicht mehr habe. Wir hatten noch so viel vor.«

»Erzähl mir davon«, bat ich.

»Nun, der Laden lief nicht mehr, obwohl die Leute im Dorf es schätzten, dass er da war. Sie kamen auch, aber den Großeinkauf machten sie trotzdem woanders. Man hielt gern einen Schwatz bei Rike, deponierte und erneuerte die letzten Gerüchte und nahm nebenbei noch das Päckchen Spaghetti mit, das einem gerade fehlte. Ich weiß nicht, ob du das weißt, Friederike arbeitete schon lange nebenher für verschiedene Zeitschriften. Thema ›Leben auf dem Land‹ und ›Gärtnern‹. Eigentlich lebte sie davon.«

Rick lachte zärtlich.

»Sie war gar keine besessene Gärtnerin, aber sie konnte gut darüber schreiben! Wusstest du das, dass sie so gut schreiben konnte?«

Nein, das wusste ich nicht. Es hatte nie jemand über ihr Talent gesprochen.

»Auf dem Land braucht man nicht so viel wie in der Stadt«, nahm Rick den Faden wieder auf. »Sie kam finanziell einigermaßen durch, aber der Laden wurde langsam doch zu einer Last. Wir überlegten, ihn aufzugeben und zusammenzuziehen. In der Remise hätte ich mich gut zum Arbeiten niederlassen können. Aber ich wollte mein Jägerhäuschen nicht aufgeben, nicht jetzt, nicht gleich. Trotzdem blieb die Frage mit dem Laden bestehen. Die Öffnungszeiten begannen uns zu stören. Ich bin Freiberufler, ich wäre frei gewesen, auch mal wegzufahren, zu reisen. Und Rike hatte diese zwei Seiten: Sie liebte Nordhült, ihr Haus, den Garten, hatte auch den Laden lange Jahre mit Leidenschaft betrieben, aber sie war auch unternehmungslustig und reiste gern. Du weißt ja sicher, dass sie eine Weile in Indien war. Mein Gott, die Ashram-Zeiten damals!«

Er goss uns beiden Wein nach, prostete mir zu und sagte plötzlich: »Du siehst Rike ziemlich ähnlich, nur die Haarfarbe, die stimmt überhaupt nicht. Schön, dass ich jetzt wenigstens dich anschauen kann!«

Die Musik war verstummt, die Teller und Schüsseln waren leer gegessen, draußen war es dunkel geworden. Wir gingen hinaus und sahen uns die Sterne an. Nie hat man in der Stadt diesen Sternenhimmel über sich, der einem klarmacht, wie winzig und unbedeutend wir sind, und Rick und ich verstummten beide vor dieser immer wieder schlagenden Erkenntnis. Wir waren nichts als Krümel von Sternenstaub, und das konnte einen demütig oder stolz machen. Wir entschieden uns, stolz zu sein, dass wir ein Stäubchen des Universums waren, und Rick legte für einen Moment den Arm um mich. Es war kühl, ich fröstelte tatsächlich, aber ich wollte noch nicht wieder hinein. Ich wollte Rick etwas fragen, und ich brauchte den Schutz der Dunkelheit, um den Mut dazu aufzubringen.

»Ich hol meine Jacke«, sagte ich, »lass uns noch ein bisschen draußen bleiben, mir gefällt es hier.«

Wir standen nebeneinander. Rick rauchte, die Spitze seines Zigarillos glühte hie und da rot in der Dunkelheit auf, irgendwo hörte man die Laute eines Nachtvogels.

»Hat Rike dir auch von früher erzählt?«, fragte ich endlich. »Und von uns?«

Ich fühlte, dass Rick mich von der Seite ansah. »Natürlich hat sie das. Ihr wart doch früher jedes Jahr hier oben, und du bist ihre Nichte. Sie hat dich sehr gern gehabt und war traurig, dass ihr den Kontakt verloren hattet. Ich finde, sie hätte sich bei dir melden sollen. Es ist doch gleich, wer den ersten Schritt macht.«

Der Typ war wirklich in Ordnung. Deshalb blieb ich dran.

»Und hat sie von meinen Eltern gesprochen? Von dem Streit, den sie mit meiner Mutter hatte? Danach sind wir nicht mehr hergekommen. Früher hab ich mich gar nicht gefragt, warum, aber jetzt würde ich das wirklich gern wissen.«

»Willst du wirklich?« Er schien etwas unsicher, ob er darauf antworten sollte.

»Ja, will ich«, gab ich zurück und wickelte mich fester in die Jacke. Der Klageton des Vogels war verstummt, und es war unheimlich still.

»Also gut«, murmelte Rick. Dann holte er tief Luft und fuhr mit kräftiger Stimme fort: »Deine Mutter hat in dem Sommer, in dem ihr das letzte Mal hier wart, herausgefunden, dass dein Vater und Rike früher mal eine Liebesbeziehung hatten. Sie hatte Briefe deines Vaters bei Rike gefunden. Zufällig, ich glaube sogar, weil Rike sie bat, ihr irgendwelche Papiere aus dem Schreibtisch zu holen.«

Er wartete ab, ob ich etwas sagen wollte.

»Ich habe die Briefe gefunden«, sagte ich nur.

»Ist ja eigentlich kein Grund für einen Abbruch der Beziehung«, meinte Rick, »eine Geschichte, die so lange zurückliegt und nicht einmal ein Ehebruch von Seiten deines Vaters war. Aber es ging wohl um etwas anderes. Eigentlich ging es ja gar nicht um Rike, sondern um deinen Vater. Sicher, Friederike hatte was mit ihm und wusste, dass er auch eine Beziehung mit ihrer Schwester hatte, während die nichts von Rike wusste. Da kann schon auch noch nach Jahren Wut hochkommen, ein Streit aufflammen. Aber eigentlich war das Bittere für deine Mutter, dass dein Vater sie nicht deshalb geheiratet hat, weil er sie mehr liebte als Rike, sondern weil sie schwanger war. Dass sie sich all die Jahre über die Beweggründe deines Vaters, sie zu heiraten, wahrscheinlich getäuscht hatte. Ich denke, da musste ihre Schwester etwas ausbaden, was deine Mutter eigentlich mit deinem Vater hätte austragen sollen. Rike war der Sündenbock. Deine Mutter brach die Beziehung zu ihr ab und sorgte dafür, dass dein Vater sie nicht mehr zu Gesicht bekam.«

Rick trat den Zigarillo aus und sah in den dunklen Himmel hinauf. »Obwohl sie hätte wissen können, dass man Liebe nicht einfach unterbinden kann. Wenn er oder Rike gewollt hätte, hätten beide Wege gefunden, sich zu sehen – damals wie auch nach dem Fund der Briefe.«

»Es ging ja auch alles nicht gut«, sagte ich. »Meine Eltern ließen sich ein paar Jahre später scheiden, da war ich siebzehn oder achtzehn.«

»Dabei wollte Rike wirklich nichts mehr von deinem Vater. Das war schon in Indien vorbei, das hat sie mir erzählt. Sie fand seinen Abschiedsbrief unmöglich.«

»Aber dass sie uns dann trotzdem hier haben wollte«, fragte ich, »dass sie noch Lust hatte, meinen Vater nach alldem zu sehen!«

»Ich weiß nicht alles von deiner Tante, jeder Mensch bleibt am Ende ein Geheimnis, auch wenn man ihn gut zu kennen meint. Aber vielleicht war es das: Sie konnte keine Kinder bekommen, und sie mochte dich sehr. Du warst ihr wichtig. Wichtiger als dein Vater. Sie liebte ihn nicht mehr. Und offensichtlich war sie stark und großzügig genug, es damit gut sein zu lassen. Aber die Zeit mit dir, die genoss sie sehr. Du warst ein Stück weit ihr Ersatzkind.«

Rick nahm mich in den Arm und zog mich ins Haus. »Komm, wir gehen wieder rein, es wird zu kalt hier draußen.«

Er setzte Kaffee auf, ich lehnte im Rahmen der Küchentür und sah ihm dabei zu.

»Ich schäme mich, dass ich mich nie gemeldet habe«, sagte ich mehr zu mir als zu ihm.

Rick drehte sich kurz um, schwieg. Was hätte er auch sagen sollen, ich erwartete keine Antwort darauf.

»Schön, dass Rike dich noch getroffen hat«, sagte ich nach einer Pause. »Auch wenn es nur für drei Jahre war.«

»Besuchst du mich wieder mal?«, fragte Rick.

Ich nickte. »Ja. Ganz sicher.«

12

Der Kater miaute und strich mir zur Begrüßung um die Beine. Mir war ein bisschen schwindlig, als ich mich aufs Bett setzte. Wir hatten ziemlich viel Wein getrunken, Rick und ich. Er hatte mir angeboten, mich nach Hause zu fahren, aber man sah ihm an, dass es ihm nicht ganz wohl dabei war.

»Es gibt zwar keinen Dorfpolizisten in Nordhült, aber manchmal fahren sie Streife. Wenn man Pech hat, ist man dran, auch wenn man nur gerade mal ein paar Meter fährt.«

»Gib mir einfach eine Taschenlampe, dann find ich schon nach Hause. Gesche hat mir den praktischen Rat schon gleich gegeben.«

»Bist du verrückt? Ich lass dich doch nicht allein durchs Feld stolpern. Wenn schon, dann bringe ich dich zurück. Mit Taschenlampe.«

Ich weiß nicht, wann ich zum letzten Mal eine Nachtwanderung gemacht habe. Musste ewig her sein. Gefiel mir aber ganz gut. Der Kegel der Taschenlampe ging uns voraus, wir stolperten trotzdem ständig über

Steine, und die Ähren piksten uns in die Waden, wenn wir vom Weg abkamen. Und dann pflückten wir kichernd und ziemlich blau im Licht der Taschenlampe Kornblumen.

»Die hatte Rike wahnsinnig gern«, sagte Rick, »sie konnte nie genug davon bekommen. Das ist der Sommer von Nordhült, sagte sie immer, wenn sie einen Strauß Kornblumen und Margeriten in die Vase stellte.«

Und genauso machte ich es, bevor ich mich ins Bett fallen ließ. Ich stand noch mal ganz leicht schwankend auf, stellte die Blumen in ein Glas und sagte: »Das ist der Sommer von Nordhült.«

»Sag mal, ist alles in Ordnung bei dir?« Leo war sauer. »Man hört überhaupt nichts mehr von dir! Wo warst du denn gestern den ganzen Abend? Ich hab x-mal versucht, dich zu erreichen. Ist das Nachtleben von Nordhült derart aufregend, dass du nachts um eins noch nicht zu Hause bist?«

Meine Güte, ich war doch erwachsen. »Ich war zum Abendessen eingeladen«, sagte ich knapp.

»Und bei wem? Bei diesem Vetter aus Jugendtagen?« Er behielt also doch, was ich sagte, auch wenn ich manchmal den Eindruck hatte, als höre er mir gar nicht zu.

»Nein. Bei Tante Rikes letztem Freund. Er heißt Rick und ist Übersetzer.«

»Bei ihrem letzten Freund? Wie viele hatte sie denn?«

War das neugierig oder tadelnd – schwer zu sagen. »Meinst du, sie hätte altjüngferlich leben sollen, nur weil sie nicht verheiratet war? Wo sind wir denn?«

»Schon gut. Ist er nett?«

»Supernett. Er wohnt in einem winzigen, aber wunderschönen alten Backsteinhaus. Und er kocht phantastisch.«

»Du bist ja ganz hingerissen von dem Typ. Wie alt ist er denn?«

»Also, danach hab ich ihn nun nicht gefragt. Er ist ein paar Jahre jünger als Rike, sagte er. Vielleicht drei-, vierundsechzig. Jedenfalls hat Rike Glück mit ihm gehabt.«

»Aha. Und hast du schon vom Notar gehört?«

»Nein. Der muss sich da doch erst mal durchwühlen. Ich muss sowieso erst noch den Laden ausräumen, ehe ich nach Hause komme. Zumindest die verderblichen Sachen, die mit Verfallsdatum. Und wenn ich sie verschenke. Eine Woche bleibe ich mindestens noch.«

»Geht dein Computer denn jetzt endlich wieder? Bei uns geht es im Moment zwar gerade um anderes als um Buchumschläge, aber es könnte dir ja sonst jemand geschrieben haben.«

Er hatte Druck im Geschäft, das merkte ich. Es ging ihm nicht gut.

»Leo, ist die Stimmung mies im Haus? Wie läuft es? Gibt es Neuigkeiten?«

»Allerdings. Die Unternehmensberater ziehen nächsten Montag hier ein und machen ›Ordnung‹. Sie werden in alle Abteilungen gehen, wir dürfen uns für Gespräche bereithalten. Die haben ja keine Ahnung vom Buchverlegen. Ich hatte ein Vorgespräch mit einem der Heinis, und da hat der mich doch wirklich gefragt: ›Warum verlegen Sie nicht nur Bestseller?‹ Gute Frage, habe ich gesagt, wenn Sie mir sagen, welche Titel Bestseller werden, richte ich mich gern nach Ihnen.«

Leo klang bitter. Er tat mir leid. Ich wusste ja, dass das Büchermachen ein Vabanquespiel ist. Man weiß eben nicht vorher, was nachher läuft, wozu die Leute wirklich greifen werden. Man kann die Bücher noch so sehr dem nachstricken, was gerade auf der Bestsellerliste ist, ob's klappt, ist eine andere Frage. Plötzlich brechen Trends ab, plötzlich ist zu viel vom selben auf dem Markt, plötzlich weht der Wind woanders. Dann war halt der Umschlag schlecht, der Titel oder sonst was – aber die wahren Gründe bleiben ein Geheimnis. Abgesehen davon, dass es todlangweilig ist, Bestseller nachzumachen und Trends nachzurennen. Leo liebte Bücher, er war ein leidenschaftlicher Leser, ihm gefielen Bücher, die nicht waren wie alle anderen. Aber als Vertriebschef sollte er Zahlen bringen, nichts als Zahlen.

»Leo, nimm es nicht zu schwer. Die sind nicht vom Fach, die Unternehmensberater, die müssen sich doch in jeder Branche erst kundig machen. Bei einem Autohersteller müssen sie sich in andere Abläufe einarbeiten als in einem Verlag. Sträub dich nicht von vornherein. Zeig ihnen, wie es in einem Buchverlag läuft, erkläre es ihnen. Vielleicht gibt es eine fruchtbare Zusammenarbeit. Auf ihre Weise können die ja auch was. Vielleicht gerade das, was wir nicht können.«

»Ja, ja. Kündigen, das können sie. Das steht doch schon vorher fest, bevor sie kommen. Sie liefern die Begründung für die Notwendigkeit oder Absicht der Konzernleitung, Kündigungen auszusprechen. Weil die sich nicht traut, sich vor die Mannschaft zu stellen und die Kündigungen ohne Rückendeckung auszusprechen.«

»Leo, die kommen ins Haus, du wirst es nicht ändern. Aber du machst es so nicht besser. Ich versteh deinen Frust. Aber jetzt wirf die Flinte doch nicht gleich ins Korn.«

»Das kannst du weit weg da oben und als Freiberuflerin leicht sagen«, murrte Leo.

»Dann mach es mir doch nach«, sagte ich, »nimm ein paar Tage frei und schau dir das hier an. Vielleicht willst du ja dann auch Freiberufler werden. Könntest hier den Laden übernehmen. Und wir ziehen einfach um.«

»Mach dich nicht lustig über mich.«

»Mach ich nicht«, antwortete ich.

Nach diesem morgendlichen Telefongespräch im Bett stand ich auf, zog mich an, frühstückte mit dem Kater und stellte den Computer an, voller Hoffnung, die Reise hierher hätte ihm gut getan. Aber nichts war. Er stand noch immer kopf.

Draußen regnete es, und die Temperatur war ziemlich frisch. Ein Tag für dickere Pullover. Nicht so ganz das Richtige für Ausflüge oder Gartenarbeit. Ein Tag für Administratives also. Ich machte mir noch einen Kaffee, nahm ein Aspirin (der gestrige Abend wirkte sich noch aus) und dachte nach.

Der Bestatter hieß Johannes Schnack und seine Vorfahren hatten wahrscheinlich schon vor Jahrhunderten in Nordhült und Umgebung die Toten begraben. Und wenn es bei ihm nicht um Beerdigungen und Grabsteine ginge, würde ich sagen, in Johannes Schnacks schönem Reetdachhaus war es richtig gemütlich. All die tausend Mitleidsworte, die er in seinem Leben schon ausgesprochen hatte, hatten es nicht geschafft, ihn zu einem Routinier der Anteilnahme zu machen. Er war ein freundlicher, warmherziger Mensch mit roten Apfelbäckchen, weißem Haar, weißem Schnauz und einem runden Bauch, der verriet, dass er gern lebte und allen weltlichen Genüssen zugetan war. *So ist es richtig*, dachte ich, *wenn man alle Tage mit Toten zu tun hat.* Es schadete den Toten nicht, dass ihr Bestatter das Leben liebte, und es gab den Hinterbliebenen vielleicht mehr Trost als ein falscher Trauerkloß.

Schnacks Frau Janne drückte mir herzhaft die Hand, brachte Tee und überließ es ihrem Mann, mit mir zum geschäftlichen Teil zu kommen. Bestattet war Tante Friederike ja schon, Jens und Lisa hatten die Rechnung vorläufig beglichen und würden das vorgestreckte Geld zurückbekommen, sobald ich eine Bankvollmacht hatte. Jetzt ging es nur noch um einen Grabstein, und den wollte ich bei Johannes Schnacks Sohn in Auftrag geben, der seine Steinmetzwerkstatt gleich nebenan betrieb. Ich wusste, was ich wollte, einen schönen, schlichten Sandstein, und der Auftrag wäre schnell abgeschlossen gewesen, wenn Johannes Schnack nicht so spannende Geschichten zu erzählen gehabt hätte. Er und seine Familie waren zwar schon lange in Nordhült ansässig, aber jahrhundertelang betrieben sie ihr Geschäft noch nicht.

»Das war früher ganz anders hier. Damit es auch ›ehrlich, christlich und ordentlich‹ zuging, schlossen sich die Dorfbewohner zu ›Totenbeliebungen‹ zusammen. Die übernahmen, wenn einer starb, das Herrichten der Leiche, das Läuten der Glocken, das Ausheben des Grabes. Und die trugen auch den Sarg und zahlten etwas Geld an denjenigen, der das Begräbnis ›besorgte‹. Wer da nicht zugehörte, zu so einer ›Beliebung‹, der musste das alles ganz allein schaffen. Uns Bestatter gab es da noch nich, wenigstens hier nich.«

»Wie wichtig das war, dass man in der Dorfgemeinschaft aufgenommen war, dass man dazugehörte!«, entfuhr es mir eingefleischter Individualistin.

»Aber klar! Wenn einer starb, gingen die Angehörigen zum Pastor und zur Totenbitterin. Die ging von Haus zu Haus mit der Mitteilung, und gleich kamen Frauen zum Waschen, Kleiden und Schmücken des Verstorbenen. Dafür kriegten sie Branntwein und Weißbrot. Und dann ging es los mit dem Glockenläuten. Für die hochgestellten Personen wurden wochenlang, was sag ich, monatelang die Glocken geläutet. Die kleinen Leute wollten das aber auch, die läuteten auch tagelang, und das mehrmals täglich.

1732 war damit Schluss. Da durften dann nur noch am Sterbetag, am Tag vor der Beerdigung und bei der Trauerfeier die Glocken geläutet werden.«

Johannes Schnack goss neuen Tee auf die Kandiskrümel, die noch in meiner Tasse lagen. Seine Bäckchen waren noch röter geworden, und ich wollte immer noch mehr wissen.

»Alle, die dem Toten das letzte Geleit geben wollten, versammelten sich im Trauerhaus, und wenn die Familie das wollte, sang der Organist ein Sterbelied am offenen Sarg. Das kostete aber extra. Auf den sogenannten Toten- oder Kirchwegen zog der Trauerzug dann je nachdem über die Felder zur Kirche. Dort wurde der Sarg von zwei ›Trauermädgens‹ mit dem Leichenlaken bedeckt – das gehörte zur Totenbeliebung – und mit Blumen und Kränzen geschmückt. Die Kerzen für die Sargumrahmung wurden auch separat verrechnet, die wurden vom Organisten angefertigt. Überhaupt kostete alles was, die Predigt, die auf den Lebenslauf bezogene Rede, das Gebet, das Orgelspielen. Auch wenn der Pastor dem Sarg voraus zum Grab ging, kostete das was, oder wenn er am Grab noch etwas sagte. Das konnte sich nicht jeder leisten, das ganze Drumherum.«

Johannes Schnack rührte, zufrieden darüber, dass er mir so viel Neues erzählen konnte, klimpernd in seiner Tasse, als ob er abwartete, ob ich noch weiter zuhören wollte. Ich nickte, er kratzte sich am Kopf und fuhr fort:

»Na, und wenn denn alles rum war und der Tote unter der Erde, gingen alle zum ›Beliebungshaus‹. Das war das Haus vom Bauernvogt. Derjenige, der das Begräbnis ausrichtete und die eingesammelte Summe erhielt, durfte aber nu nicht einfach abziehen damit. Der musste von dem Geld erst ein Fass Bier, Weißbrot und Tabak spendieren. Da ging es dann nich immer ganz nüchtern zu, auch wenn es in den Statuten der Beliebung hieß, die Leute sollten sich beim Bier anständig benehmen, sich nicht schlagen oder sonst wie ungebührlich aufführen. Aber an der Beerdigung von Ihrer lieben Tante ging es ganz manierlich zu«, schloss er und hatte elegant den Bogen zur Gegenwart geschlagen.

Ich meinerseits ging in den Nordhülter Regen hinaus und war mir sicher, dass Johannes Schnack seine Aufgabe, was Tante Rike anging, nach besten Kräften erfüllt hatte. Und sein Sohn würde es mit dem Grabstein ebenso halten.

Vom Meer her wehte eine steife Brise, und der Regen klatschte schräg gegen Tante Rikes Anorak, den ich mir vom Garderobenhaken geklaut hatte. Eigentlich hatte ich noch dem Pastor Schwarz guten Tag sagen wollen, aber der war jetzt sicher schon beim Mittagessen. Also beschloss ich, im *Dorfkrug* einzukehren. Es roch nach Pannfisch mit Senfsoße, und ich war nicht der erste Gast. Allerdings war ich die einzige Frau – außer der Wirtin, die gerade mit zwei riesigen Tellern aus der Küche kam. In der Küche sah man einen jungen Mann heftig an der Bratpfanne werkeln. Er sah eher aus wie ein Tamile, aber wer weiß, vielleicht war er ein waschechter Nordhülter. Jedenfalls schien das, was er kochte, allen hier zu schmecken.

Mein Gefühl sagte mir, dass es ratsam wäre, sich der Wirtin kurz vorzustellen. Immerhin laufen in einer Dorfkneipe eine Menge Fäden zusammen, und ich ging davon aus, dass sie, nicht anders als der Bürgermeister, vielleicht sogar noch besser, über die Geschicke der Nordhülter informiert war. Ich ging auf sie zu, als sie ihre Teller schwungvoll abgeladen hatte. Sie wischte ihre Hände an der Schürze ab, reichte mir die Hand und sagte:

»Ich bin Stine. Die Schwester vom Bauer Hansen. Wilhelm Hansen. Hab schon von Ihnen gehört. Die kleine Nina ist da, hat es geheißen, auch wenn Sie ja nu nicht mehr klein sind. Wollen Sie was essen oder kommen Sie nur, um guten Tag zu sagen? Wir haben Pannfisch heute. Schmeckt gut, oder was meint ihr?«, rief sie in die Runde, und die Männer machten nickend und brummend wie eine Schulklasse von Tanzbären »Jou!«.

Ich war beeindruckt. Stine, die Dompteuse, war groß und kräftig. Sie hatte die dünnen dunklen Haare zu einem festen Knoten zusammengezurrt, aber merkwürdigerweise sah sie trotzdem gutmütig aus. Ihre Züge waren rundlich und weich, genau wie ihre gepolsterten Pranken, in denen meine Hand gerade verschwand.

»Ich esse gern was«, sagte ich und wollte mich an einen freien Tisch setzen, aber Stine schob mich schon in Richtung eines anderen Tisches, wo ein junger unscheinbarer Mann vor seinem Papierset, Messer und Gabel und einem Pils saß.

»Der Pastor Schwarz freut sich über Gesellschaft«, meinte sie, »alleine essen is nicht gesund, was, Herr Pastor? Das hier ist Nina, die Nichte von Rike Feddersen, die Sie vor ein paar Wochen beerdigt haben. Und das ist«, wandte sie sich wieder mir zu, »unser Pastor.«

Der Pastor schien etwas verdattert über die forsche Damenzuteilung, lächelte dann aber still und deutete mit der Hand auf den freien Stuhl gegenüber. Trotz seines offenbar zurückgenommenen Wesens war es nicht schwer, miteinander ins Gespräch zu kommen.

Immerhin hatte er meine Tante vor kurzem beerdigt, und ich konnte mich bei ihm bedanken.

»Ich wollte heute sowieso bei Ihnen vorbeikommen«, sagte ich, »aber ich dachte, Sie wären jetzt sicher beim Mittagessen, und wollte nicht stören. Dass Sie hier Mittag essen, habe ich natürlich nicht geahnt …«

»Das ist auch nicht meine Gewohnheit«, erwiderte Pastor Schwarz merkwürdig gedrückt, unterbrach seine Rede aber gleich, als Stine mit den Tellern erschien. Sie sollte wohl nicht alles brühwarm mitkriegen, was sich im Pastorenhaus abspielte. Ich muss ihn aufmunternd, anteilnehmend, vielleicht auch verschwörerisch angesehen haben, denn nach einigem Herumdrucksen kam es heraus.

»Ich sage es Ihnen nur, weil Sie nicht von hier sind. Sie behalten das hoffentlich für sich.« Er sah sich vorsichtig um und senkte die Stimme. »Meine Frau ist nach Lübeck zurück. Gestern. Sie hat es hier nicht mehr ausgehalten, sagt sie. Sie sagt, sie kann nicht auf dem Dorf, sie braucht mehr Anonymität, mehr eigenes Leben. Es war ihr einfach stinklangweilig hier. So ohne ihre Freundinnen, ihren Beruf – sie ist Lehrerin – könne sie nicht leben, sagt sie. Sie sei eben kein Landmensch und schon gar nicht geschaffen für Nordhült, wo es ja nun gar nichts gibt außer Wiesen und Feldern, Kühen und Pferden. Und das Meer, sagt sie, hat sie in Lübeck auch.« Pastor Schwarz sah trübsinnig und gleichzeitig ergeben auf seinen Teller. »Aber bitte, behalten Sie das für sich. Ich will doch hier niemanden verletzen. Mir gefällt es in Nordhült, ich komm vom Bauernhof, ich kenn das Dorfleben. Mich stört es nicht, dass ich das Auto nehmen muss, wenn ich ausgehen will. Ich geh sowieso nicht viel aus.«

Er stocherte im Pannfisch und nahm einen herzhaften Schluck von seinem Pils. Das Flüssige ging ihm einfach besser runter in seinem Zustand.

Ich nickte verständnisvoll.

»Ich will nicht, dass die Leute hier das sofort wissen«, sagte er mit Entschiedenheit, aber immer noch leise. »Es kommt früh genug raus, dass die Frau Pastor weggerannt ist. Wenn ich gefragt werde, sage ich erst mal, sie besucht ihre Mutter in Rostock. Vielleicht kommt sie ja … doch … zurück.«

Von kräftigem Wuchs war seine Hoffnung nicht, das sah man aus Entfernung. Er spießte tapfer ein Stück Fisch auf die Gabel und spülte mit Pils nach.

»Und sehen Sie sich jetzt am Wochenende?«, fragte ich. »Fahren Sie da nach Lübeck?«

Er sah mich entgeistert an. »Ja, wie denn? Am Wochenende muss ich doch predigen!«

Natürlich, er war ja Pfarrer. »Also ich meine, wird Ihre Frau dann wenigstens am Wochenende herkommen?«

»Am Wochenende will sie doch gerade ausgehen, in Lübeck. Und ein Pastor mit Wochenendbeziehung, das geht hier nicht … Hier nicht, wo alle seit vierzig Jahren verheiratet sind oder verwitwet. Deshalb ist Ihre Tante ja auch ein bunter Hund in Nordhült gewesen, obwohl sie seit ewig hier wohnte.«

Ich dachte über die komplizierte Situation im Hause Schwarz nach.

»Und wenn Sie sich versetzen lassen?«

»Das geht nicht so ohne Weiteres. Ich bin ja erst ein Jahr hier. Da muss ich schon noch zuwarten. Und so viele Stellen gibt es in der Stadt auch wieder nicht. Wer da mal sitzt, der bleibt, bis er alt und grau ist. Die jungen Pfarrer wollen ja alle nicht aufs Land«, flüsterte er. »Immer nur Beerdigungen, wer will das schon.«

»Na, na«, sagte ich, »in der Stadt bersten die Kirchen nun auch nicht gerade von jungen Besuchern. Und Hochzeiten gibt es auch nicht jeden Samstag.«

Pastor Schwarz schwieg und sah etwas verstockt, wie mir schien, in sein leeres Glas.

»Wollen Sie noch eins?«, bot ich an. Er schüttelte den Kopf. »Darf nicht. Muss noch einen Hausbesuch machen.«

»Hat's denn geschmeckt?«, fragte Stine. »Da ist ja noch die Hälfte drauf auf dem Teller, Herr Pastor. So kriegen wir kein schönes Wetter!«

Sie schob ab, ohne näher nachzufragen, was ihrem Gast auf den Magen geschlagen war. Pastor Schwarz erhob sich.

»Hat mich gefreut, Frau …«

»Mathis«, ergänzte ich. »Ich wünsch Ihnen und …«

»Britta«, soufflierte er, »meine Frau heißt Britta …«

»… jedenfalls viel Glück.«

Da ging er hin, und gleich stand Stine da. »Was er wohl hat, der Pastor? So gefällt er mir gar nicht. Hat er denn was gesagt? Ist die Frau Pastor krank? Die kocht doch sonst für ihn.«

Aber von mir erfuhr sie nichts.

Draußen hatte es sich bei kräftigem Wind eingeregnet. Darum beschloss ich, noch ein bisschen im *Dorfkrug* zu bleiben und bei einem Kaffee Stine Hansen in mein Problem mit dem Laden einzuweihen. Über kurz oder lang würde sie sowieso alles über mich wissen. Die Tanzbären suchten einer nach dem anderen satt und zufrieden schlurfend und grummelnd das Weite. Und Stine, die Dompteuse der alleinstehenden Männer von Nordhült oder derer, die es vorzogen, ab und an nicht zu Hause bei ihren Frauen oder Töch tern zu essen, hatte ein ruhiges Stündchen. Sie zog ächzend die Schürze von ihren breiten Hüften und setzte sich zu mir. Im Hintergrund werkte der Nordhülter Tamile und putzte die Küche blank, dass es bis zu mir hin leuchtete.

»Das Gelände hinter Rikes Haus gehört dem Bürgermeister«, sagte Stine Hansen und wiegte den Kopf. »Ich könnte mir gut vorstellen, dass er Ihnen Haus und Grundstück gern abkaufen würde. Er hat viele Gäste auf dem Reiterhof, er könnte auf Rikes Land moderne Ferienwohnungen bauen. Die Gegend eignet sich für Fremdenverkehr – das Meer ist nur ein paar Kilometer entfernt, man kann reiten, Fahrrad fahren, wandern und nicht weit von hier sogar Golf spielen.«

Mir brach das Herz bei der Vorstellung, dass Tante Rikes verträumtes Reetdachhaus hinter seiner Rosenhecke funktionell eingerichteten Ferienwohnungen »mit zeitgemäßem Komfort« weichen sollte.

»Es sind hier aber nicht alle einverstanden mit Niebecks Politik«, fuhr die Wirtin des *Dorfkrugs* fort. »Die dient nämlich am meisten ihm selbst. Im Lauf der Jahre hat er immer mehr Grund und Boden an sich gebracht, das stört die Bauern, und die Alten werden an den Rand gedrängt. Niebeck würde sie am liebsten nach Obersanden ins Altersheim schaffen und ihre

Häuser lieber früher als später aufkaufen. Über Rike kann man sagen, was man will …«

Stine sah mein fragendes Gesicht und setzte eine beschwichtigende Miene auf. »Na, es hat nicht allen gefallen, dass sie mit dem Übersetzer aus Hamburg was angefangen hat. Der war doch noch nich mal geschieden. Das kommt hier nicht bei jedem gut an. Aber was immer, die meisten schätzten es, dass es hier in Nordhült noch einen Laden gab. So ein Laden hält ein Dorf am Leben, das ist besser als jedes Begegnungszentrum, das die Stadt- und Gemeindeverwaltungen sich aus den Rippen quälen. In so einem Laden trifft man sich doch öfter als beim Pastor in der Kirche.«

Da war wohl was dran. An dieser Stelle gingen wir ohne großen Aufhebens zum Du über.

»Und du meinst, die Leute wären froh, wenn der Laden weiter bestünde?«, fragte ich erstaunt. »Rike hat aber Schwierigkeiten mit dem Geschäft gehabt, das lief doch nicht mehr. Niebeck hat angedeutet, dass Rike Schulden hatte. Und Rick Thienemann sagte auch, Rike habe den Laden eh dichtmachen wollen.«

Stine zog maliziös die Oberlippe zusammen. »Na, das mit den Schulden muss man erst mal abwarten. Vielleicht will Niebeck dir ja nur den Verkauf schmackhaft machen. Und dass der Hamburger den

Laden lästig fand, ist ja klar. Dadurch war die Rike angebunden, als hätte sie einen pflegebedürftigen alten Mann zu Hause.«

»Auf jeden Fall«, sagte ich, »muss ich jetzt erst mal ausverkaufen, was im Laden ist. Ich muss das Lager räumen. Ich wohne ja nun nicht um die Ecke, und egal, ob ich das Haus behalte oder verkaufe, den Laden kann ich nicht mit Geisterhand aus der Ferne bewirtschaften. Der muss erst mal geschlossen werden.«

Stine nickte zustimmend. »Schon richtig. Aber könntest ja auch hierher ziehen, so wie Rike, als die gute Martha zu alt wurde.«

»Stine, ich arbeite«, antwortete ich etwas gereizt, »ich muss meinen Unterhalt verdienen. Und ich arbeite sehr gern in meinem Beruf.«

»Und was machst du da so?«, fragte Stine nach.

»Ich bin Grafikerin, ich mache Buchumschläge«, erklärte ich. »Ich sitze den ganzen Tag am Computer.«

Der Computer! Ich musste mich darum kümmern, es wurde wirklich Zeit, mal wieder meine E-Mails zu checken.

»Das geht doch wunderbar«, sagte Stine. »So ein Computer, den kannst du doch überall aufstellen. Warum nicht in Nordhült? Es steht ja nun auch nicht jede Minute einer im Laden. Kannst ja stundenweise öffnen. So nebenher.«

Wie sollte ich Stine erklären, dass Nordhült nicht für jeden der Nabel der Welt war? Ich lenkte das Thema wieder auf die praktischen Fragen zurück, die im Augenblick anstanden.

Stine zeigte sich hilfsbereit. »Na denn!«

Ich würde einen Zettel mit dem Termin für den Laden-Ausverkauf anfertigen, und Stine würde ihn an der Tür des *Dorfkrugs* anschlagen und »mal ein bisschen mit den Leuten schnacken«, wie sie es formulierte. »Man weiß ja nie, was da alles an brauchbaren Ideen zusammenkommt.«

Und damit hatte sie recht.

13

Bei Regen sieht alles anders aus. Selbst in Nordhült. Oder gerade in Nordhült, wo man sich außer durch einen Besuch im *Dorfkrug* überhaupt nicht von sich selbst ablenken kann. Da sitzt man dann, allein gelassen mit sich selbst, und stellt sich die letzten Fragen.

Viel Licht kam bei trübem Wetter nicht durch die kleinen viergeteilten Fensterscheiben meines Hauses. Vom tiefgezogenen Reetdach troff das Wasser, und die Fenster schienen sich darunter wegzuducken wie die Büsche und Bäume im Garten. Ich hängte den klatschnassen Anorak an die Garderobe und machte mich auf die Suche nach einem Putzlappen, weil sich eine Pfütze auf den braunroten Fliesen sammelte. Ich hätte heute Morgen besser auch Rikes Gummistiefel anziehen sollen, dann wären meine Schuhe jetzt nicht so vollgesogen gewesen, dass sich meine Füße anfühlten, als seien sie taub und schwer vor Nässe. Mit klammen Fingern zog ich die Schuhe aus, holte frische Socken aus meinem Köfferchen und setzte mich an den großen Eichentisch.

Vom Kater war nichts zu sehen. Wo er sich wohl verkrochen haben mochte? Eigentlich war auch mir danach zumute, einfach spurlos zu verschwinden. Wenn das nun tagelang so weiterging? Was macht man als Städterin auf dem Land, wenn es aus Kübeln gießt? Lesen vielleicht? Ich musste über mich selber grinsen. So wenig konnte ich mit mir anfangen, dass ein Regentag mich aus dem Konzept brachte? Nur weil kein Kino, kein Theater, mein Lieblingscafé und die Freunde nicht gleich zur Hand waren? »Nina, mach dich nicht lächerlich«, sagte ich mir, zog die Gummistiefel über (eine Nummer zu groß, aber besser als zu klein), griff nach der gelben Wachstuchjacke, die mir am Morgen zu sehr nach Seemannszeug ausgesehen hatte, nahm den Korb, der neben dem Kaminofen stand, und holte Holz im Schuppen. Ich hatte Glück, da war noch ein recht großer Stapel größerer und kleinerer Scheite, selbst Anzündhölzchen fanden sich. Wenn das Wetter aber so blieb, würde ich lernen müssen, Holz zu hacken.

Ich stapfte zurück und machte Feuer. Ich wedelte und stocherte und blies, und tatsächlich, es gelang. Ich hatte wieder ein fröhlich knisterndes Feuerchen zustande gebracht! Hochbefriedigt sah ich auf mein Werk, legte nach, und langsam, aber sicher breitete sich eine wohlige Wärme aus. Meine Stimmung stieg.

Ich machte Tee, nahm viel Kandiszucker, süß wie die Sünde wollte ich ihn haben, goss etwas Sahne hinein – ungewohnt, aber gut – und legte die Füße hoch. Jetzt fehlte mir nur die Zeitung. Internet? Der Laptop kam mir wieder in den Sinn. Und Rick. Der kannte sich doch sicher ganz gut in Computerdingen aus.

»Hallo Rick«, sprach ich auf seinen Anrufbeantworter, »hast du Lust, heute Abend Spiegeleier mit Speck bei mir zu essen? Ich geb's zu, ich hab auch einen Anschlag auf dich vor. Vielleicht könntest du dir mal meinen Laptop ansehen. Der steht kopf. Vielleicht weißt du ja, was man da machen kann … Aber die Spiegeleier kriegst du auch, wenn du's nicht weißt. Und Salat … Salat hab ich auch im Haus. Ich würde mich freuen, wenn du vorbeikommst. So um sieben?« Ich legte auf.

Was Leo wohl machte? Ich konnte ihn eigentlich ruhig im Büro anrufen und ihm etwas Mut zusprechen. Er nahm ab, gereizt, wurde sanfter, als er merkte, dass ich dran war.

»Na du«, fragte er, »hast du's wenigstens schön da oben? Schick mir einen Sonnenstrahl. Ich kann's gebrauchen.«

»Nee, es regnet wie aus Kübeln. Ich hab Feuer gemacht und dicke Socken an«, antwortete ich. »Aber ich schick dir was von der gemütlichen Wärme, die sich hier gerade ausbreitet. Es geht mir im Kopf rum, was du erzählt hast. Du kannst ja jetzt sicher nicht frei reden. Ich wollte dir nur sagen, ich denk an dich. Ganz fest. Lass dich jetzt nicht unterkriegen, Leo, hörst du? Lenk dich ab, geh ins Kino oder so. Grübele nicht immer nur darüber nach, was passieren könnte.«

»Danke für deine guten Ratschläge«, sagte Leo matt.

»Bleib nicht wieder ewig im Büro«, schob ich noch nach.

»Nein«, er war jetzt etwas lebhafter. »Ich geh heute mit Marion essen.«

»Welche Marion?«

»Du kennst doch Marion. Die Pressefrau!«

»Ach ja, klar! Die mit dem penetranten Mundwerk. Die Quasselstrippe.«

»Was, die mit dem penetranten Mundwerk? Pressefrauen müssen hartnäckig sein und gut reden können. Wie sollen sie denn sonst die neuen Titel bei den Zeitungen und Sendern unterbringen? Die müssen nach fassen und Druck machen. Die neuen Bücher aus all den Verlagen, die stapeln sich ja meterhoch auf den Redaktionstischen. Marion macht das durchaus mit Charme. Du, das ärgert mich, dass du sie so runtermachst.«

»Mach ich ja nicht«, sagte ich kleinlaut. »Ihr seid ja auch wirklich im gleichen Boot. Da könnt ihr euch gegenseitig aussprechen oder Mut machen …«

»Oder einfach nur bei einem Bier abschalten. Und essen müssen wir beide.« Leo klang neutral.

»Wo geht ihr hin?«, fragte ich. »In unsere Lieblingspizzeria?«

Es war einen Moment ruhig am anderen Ende. »Nein. Sie hat mich zu sich eingeladen.«

Ich schluckte. »Ah! Kocht sie gern?«

»Hm. Sie kocht super.«

Die Erfahrung hatte er also schon. Ich hab noch nie bei Marion gegessen.

»Was man von mir nicht behaupten kann.« Es kostete mich einige Mühe, den Satz so rauszubringen, dass er leichthin und nicht allzu besorgt klang.

»Du übertreibst mal wieder«, machte Leo und klang etwas genervt dabei. »Ist doch völlig okay, wie du kochst.«

»Ja«, sagte ich. Und: »Habt einen schönen Abend. Grüß sie von mir. Ich habe Rick eingeladen, Rikes Freund. Vielleicht kann er mir mit dem Laptop helfen. Mal sehen, könnte ja sein, dass er WLAN hat in seinem Haus, dann könnte ich bei ihm meine Mails angucken und so weiter.«

»Was denn ›und so weiter‹? Kommt er nun zu dir oder gehst du schon wieder zu ihm?«

»Er kommt heute vielleicht zu mir, falls er Zeit hat. Und falls er den Laptop wieder hinkriegt, kann ich dann vielleicht mal zu ihm rübergehen und sein Internet benutzen. Ganz einfach.«

»Okay, du, ich kann nicht so lange machen. Wir hören uns, ja? Ich küss dich!«

Ratlos stierte ich ins Feuer. Es war weit heruntergebrannt. Ein Feuer muss man im Auge behalten. Es brennt nicht von allein. Ich legte einen dicken knorrigen Holzprügel nach und sah dem Züngeln und Flackern hinter der Glasscheibe zu. Was war los mit Leo und mir? Hatte er was mit Marion? Und schon länger? Oder machte ich mir überhaupt erst jetzt Gedanken darüber, wie es ihm eigentlich ging? Was er machte, außer zu arbeiten? Wann hatten wir das letzte Mal über uns gesprochen, unsere Pläne und Wünsche, aber auch über das, was uns bedrückte?

Wir hatten uns verändert. Beide. Waren nachlässig und fast ein bisschen gleichgültig gegenüber dem anderen geworden. Gut, er interessierte sich nicht für meine verstorbene Tante. Wer könnte ihm das verdenken. Aber er interessierte sich auch nicht für dieses Haus, das doch zu mir gehörte, zu meiner Geschichte. Aber interessierte ich mich denn für das, was ihm wichtig war? Wann war ich das letzte Mal mit zu seiner Mutter gefahren? Ich hatte immer eine Ausrede, dabei wusste ich, wie wichtig es ihm war, dass ich mitkam. Seine Mutter lag ihm nun mal am Herzen. Er war ja ihr einziger Sohn, mehr noch, ihr einziges Kind. Ich fand, er machte zu viel Heckmeck um sie, aber vielleicht dachte ich nur so, weil ich davon ausging, dass es alle Menschen mit ihren Müttern so schwierig hatten wie ich mit meiner. Ich glaubte Leo einfach nicht, dass er sie schlicht und ergreifend besuchen wollte, weil er sie gern hatte.

Und dann: Wir redeten viel darüber, dass wir nichts anderes taten als arbeiten. Aber warum war das so? Hatten wir nichts entwickeln können, was wir gemeinsam der Arbeit an die Seite oder entgegensetzen konnten? Unser einziges gemeinsames Hobby waren die Ferien in Sardinien gewesen. Nicht eben viel. Nicht einmal die Freunde teilten wir noch. Ich sah meine Freundinnen, er ging einmal in der Woche mit seinem Freund Tennis spielen. Ich kriegte ein wehes Gefühl in der Herzgegend. Ganz flau wurde mir, und es war nicht schön, was da in mir hochkroch: Enttäuschung, Argwohn, Trauer – als sei etwas schon vergangen, unwiederbringlich verloren.

So wollte ich nicht herumsitzen. Trübsal blasen brachte nun gar nichts. Ich schnappte mir noch einmal die Wachstuchjacke, schlüpfte in die Gummistiefel, setzte den Regenhut auf und stapfte los. Es regnete noch immer, aber der Himmel war an einigen Stellen aufgerissen, die blauen Stellen leuchteten intensiv auf vor dem Wolkengrau, das sich in allen Schattierungen übereinandertürmte. Man konnte sehen, wie sich die schwarzen Wolken in der Ferne über den Feldern entluden. In harten Strichen fiel dort der Regen, während ich selbst unter einer Wolke stand, die sich gerade auszutröpfeln schien und heller und heller wurde. Ich hielt mein Gesicht dem Regen hin. Die Tropfen rannen weich über mein Gesicht, und ich hätte nicht sagen können, ob auch Tränen darunter waren.

Ich lief und lief. Die Bewegung tat mir gut. Ich legte an Tempo zu. Ich vergaß, darauf zu achten, ob es nun regnete oder nicht. Ich atmete tief ein, meine Lungen füllten sich mit der würzigen Luft, die die Frische des aufgewühlten Meeres mitbrachte. Meine Brust wurde weit, die kleinlichen Gefühle von Eifersucht und Misstrauen verschwanden, aber eine Traurigkeit blieb, und das war gut so. Wir mussten miteinander anschauen, was uns noch verband, was wir noch voneinander wollten, und uns fragen, in welche Richtung wir weiter gehen wollten: wieder näher aufeinander zu oder in verschiedene Richtungen. Und plötzlich wurde mir klar, dass auch die Kinderfrage für mich nicht erledigt war, selbst wenn ich mir noch so gut zugeredet hatte.

Tante Rikes Tod hatte einige Fragen aufgeworfen. Nicht nur die, ob ich Lust hatte, ihr Haus zu erben.

Es tat mir gut, alleine in der Natur zu sein. Zu laufen und dabei meinen eigenen Rhythmus zu finden. Die Schritte passten sich den Gedanken an und die Gedanken dem Rhythmus der Schritte. In Einklang kommen mit sich selbst, den eigenen Gedanken und Gefühlen: Hier gelang mir das. Das Gehen durch die Wiesen und Felder machte mich ruhig. Eine Zuversicht stellte sich ein, die nichts mit »positivem Denken« zu tun hatte. Sie besagte nicht mehr als: Die Dinge würden sich regeln, wie auch immer. Und das genügte, um meinen Kopf frei zu machen und meine Schritte leicht und beschwingt.

14

Die Kleine hieß Emily. Sie sprach den Namen ganz langsam und deutlich aus, damit ich ihn auch verstand: E-mi-ly. Und es war Emily, die mir verriet, wie der Kater hieß, der mit ihr auf der Stufe vor dem Haus saß und auf Einlass wartete.

»Der Fritzchen hat Hunger«, sagte sie. Und, übergangslos: »Warum ist der Laden zu?« Sie zeigte auf die geschlossene Holztür zur Remise.

»Der Laden ist zu, weil meine Tante Friederike gestorben ist, die den Laden hatte«, antwortete ich.

Die Kleine dachte nach.

»Letztes Jahr, als ich hier war, war der Laden aber offen.«

»Da hat meine Tante auch noch gelebt.«

Das Mädchen nickte.

»Ich kenn die Tante Rike. Du auch?«

»Na klar. Sie ist ja meine Tante. Ich war nur lange nicht mehr da, darum hast du mich letztes Mal nicht gesehen. Als Kind war ich jeden Sommer hier. Und du, bist du oft hier?«

»Nee«, sagte sie, »nur wenn ich Onkel Kurt und Tante Mara besuche. Wie heißt du?«

»Nina. Willst du mit rein ins Haus kommen?«

Emily schüttelte den Kopf.

»Darf nicht.«

»Ach so«, sagte ich. »Also, ich lass die Tür mal offen. Ich muss schnell rein und die nassen Klamotten ausziehen und mir Tee machen. Willst du auch Tee? Ich hab gesehen, dass Tante Rike Hagebuttentee hat. Ich kann dir eine Tasse hier rausbringen, wenn du willst.«

»Machst du dann den Laden auf?«

Ich sah in das aufgeweckte Gesichtchen mit den großen dunklen Augen und musste schmunzeln.

»Hast du den Laden gern?«, fragte ich.

Andächtiges Nicken.

»Okay! Ich schließe ihn nachher auf. Aber die Eistruhe, die ist nicht an, mit Eisessen ist nichts.«

»Okay«, sagte Emily. Sie saß noch immer in ihrem roten Regenmäntelchen auf der Eingangsstufe wie das Rotkäppchen persönlich. Wenigstens regnete es schon eine Weile nicht mehr, aber der Stein war noch feucht. Ich holte eine Plastiktüte, legte ein Kissen drauf und machte eine einladende Geste:

»Da sitzt du weicher. Aber vielleicht könntest du doch reinkommen. Wenn der Onkel Kurt dir erlaubt hat, in Tante Rikes Laden reinzugehen, würde er es vielleicht auch erlauben, dass du in Tante Rikes Haus gehst.«

Emily legte den Kopf schief und dachte nach.

»Ich geh Onkel Kurt fragen. Aber ich komm nur zurück, wenn du den Laden aufmachst.«

»Versprochen«, sagte ich. »Ich mach ihn auf. Aber nur für dich! Sag dem Onkel Kurt einen Gruß von mir«, rief ich ihr nach. Aber sie war schon auf und davon und um die nächste Ecke.

Fritzchen hatte sich schon längst ins Haus verdrückt und schob mit der Nase vorwurfsvoll seinen leeren Katzenteller auf den Fliesen hin und her. Ich spendierte ein paar Bröckchen Trockenfutter und setzte das Teewasser auf. Was war mir da plötzlich für ein nettes kleines Mädchen in den Garten geschneit! Mitten in diesem merkwürdigen Sommer! E-mi-ly. Onkel Kurt. Tante Mara. Und schon stand der Mann in meiner Tür, der Onkel Kurt sein musste, denn er hatte das Rotkäppchen an der Hand.

»Hallo! Dürfen wir kurz stören?«

»Freut mich. Kommen Sie doch rein! Ich bin Nina Mathis, Friederike Feddersens Nichte, und Sie müssen Onkel Kurt sein.«

Onkel Kurt hieß Nielsen mit Nachnamen, hatte erst vor fünf Jahren mit seiner Freundin Mara einen Hof hier übernommen und baute Bio-Gemüse an.

»Mara und ich sind nicht auf der Scholle hier geboren, aber es gefällt uns ganz gut in Nordhült. Ich bin ursprünglich aus Bergedorf, ländlich aufgewachsen, viel in Städten gewesen und hier gelandet.«

Nett, dieser Kurt. Ich schenkte Tee ein, stellte ein paar Plätzchen auf und fühlte mich selbst ganz zu Hause in Nordhült.

»Nehmen Sie nicht übel, dass Emily vor der Tür geblieben ist. Ihre Eltern haben ihr eingeschärft, dass sie nicht mit fremden Leuten mitgehen soll, also, das sollte kein Misstrauen gegen Sie sein. Wir kannten Friederike natürlich, und Emily durfte sie auch allein besuchen. Der Laden zog sie einfach magisch an!«

»Das ging mir als Kind genauso. Sollen wir ihn mal aufschließen? Ich hab's Emily vorhin versprochen …«

Es war mir, als schaute ich Tante Friederike dabei zu, wie sie am Morgen die Tür zur Remise öffnete, die beiden Holzflügel sorgsam zur Seite klappte und den blauen bauchigen Blumentopf mit den weißen Margariten davorschob, damit der Eingang auch hübsch und einladend aussah. Dabei war ich es doch nun, die den Schlüssel in der Hand hielt und den Laden öffnete. Jetzt stand die kleine Emily erwartungsvoll neben mir, und ich mochte sie schon aus diesem einen Grund, dass sie mich an mich selbst und meine eigene Kindheit erinnerte. Aber es war nicht nur das. Emily brachte vieles in mir zum Klingen. Auch den Wunsch, eine eigene Tochter zu haben, deren Augen man zum Strahlen bringen möchte.

Natürlich war der Laden eine Enttäuschung. Die Eistruhe lief nicht, ich hatte begonnen, die liebenswerte Unordnung anzugehen, die alten Dekorationen abzunehmen – und vor allem fehlte Tante Rikes freundliches Wesen, das dem Laden seine Seele einhauchte.

»Machst du den Laden jetzt wieder schön?«, fragte Emily. »Letztes Mal war er schöner.«

Ich schwieg.

»Rate mal, wie alt ich bin.«

»Sechs? Ich denke, du kommst bald in die Schule, ein so gescheites Mädchen wie du bist!«

Emily strahlte.

»Ja. Fast sechs. Nächste Woche hab ich Geburtstag. Findest du, sechs ist viel?«

»Ja«, sagte ich. »Das heißt, du bist schon richtig groß!«

»Ich kann dir helfen, den Laden schön zu machen. Ich komm einfach ganz oft zu Onkel Kurt, und der kann auch mithelfen. Onkel Kurt kann fast alles, sagt meine Mama.«

Emily hatte die Arme vor der Brust verschränkt und sah sehr zufrieden aus.

»Gut zu wissen!«, sagte ich.

Inzwischen war es Abend geworden. Rick Thienemann hatte sich auf meinen Anruf und meine Einladung nicht gemeldet. Ich war unschlüssig, was ich tun sollte. Noch mal anrufen? Nein, das kam mir aufdringlich vor. Leo anrufen? Nein. Leo konnte ich nicht noch mal anrufen, obwohl ich das gern getan hätte – das würde bloß aussehen, als wollte ich ihn kontrollieren. Und das war unter meiner Würde. So klingelte ich kurzentschlossen an Gesches Tür. Sie war ehrlich überrascht, mich zu sehen.

»Gesche, hast du Lust bei mir zu Abend zu essen?«

Ihr Gesicht überzog sich mit einem rosigen Schimmer. Sie sah auf einmal viel jünger aus.

»Wenn du nichts Besseres vorhast, gerne!«

Sie griff nach einer Strickjacke, der gelegenheitstreue Kater strich ihr um die Beine, sieh mal an, und wenig später saßen wir bei Spiegeleiern und Speck.

»Wenn du was über Nordhült wissen willst, brauchst du nur mich zu fragen. Die alte Gesche ist hier geboren und wird hoffentlich auch hier sterben. Man zieht ja nun nicht mehr gern um nach sechsundsiebzig Jahren. Mein ganzes Leben war ich hier, und das soll auch so bleiben, egal was der Bürgermeister alles vorhat mit dem Dorf. Nur der gute Schnack bringt mich hier raus, die Füße voran.«

»Was hat Niebeck denn vor?«, fragte ich und ahnte schon die halbe Antwort.

»Na, der kauft doch alles auf hier. Immer die, die schon am meisten haben, wollen immer noch mehr, das kennt man ja auch von andernorts, da braucht man nicht aus Nordhült sein, um das zu begreifen. Ich geh aber nich weg hier, und aus meinem Haus schon gar nicht, das hat schon meiner Großmutter gehört.«

Ich merkte ihr an, wie sehr sie das Thema beschäftigte. Das war eine eingefahrene Rille in ihrem Kopf.

»Stine Hansen vom *Dorfkrug* hat mir was Ähnliches erzählt«, nickte ich. »Aber warum wählt ihr den Bürgermeister denn nicht ab, wenn euch seine Politik nicht gefällt?«

»Du hast gut reden. Es bewirbt sich ja sonst keiner um das Amt. Jeder weiß, was er anders machen würde, aber ran traut sich keiner. Und für uns Alte ist das nichts mehr. Uns mit ihm und seinem Geld anlegen …«

Fritzchen legte eine Pfote auf den Tisch und beobachtete die Lage. Gesche scheuchte ihn zurück.

»Was die Rike mit dem Fritzchen gemacht hat! Völlig verzogen hat sie das Tier. Was ich hinter dem Kerl her war in den letzten Wochen! Einmal nicht hingesehen, und schon ist der Fisch vom Teller.«

Dabei sah sie Fritzchen, der eigentlich, wie ich jetzt erfuhr, weiblichen Geschlechts war, so liebevoll an, wie ich es Gesche gar nicht zugetraut hätte.

Wie sehr man sich doch davor hüten musste, Menschen voreilig zu beurteilen! Erst dachte ich, niemand könne mir so auf den Geist gehen wie Gesche mit ihrer penetranten Neugier, und jetzt blühte sie richtiggehend auf. Es ist das alte Rezept: ein, zwei Gläschen Wein und die Leute zeigen Seele – und Seiten, die man nicht im Traum an ihnen vermutet hätte. Die einen gewinnen, die anderen verlieren durch das, was dann zum Vorschein kommt, aber eher gewinnen sie, wenn sie ein bisschen lockerer werden.

»Gesche, auf jeden Fall wäre es mir lieb, wenn du den Hausschlüssel behalten könntest. Und wenn du vielleicht auch zunächst mal noch für Fritzchen sorgen würdest. Ich kann ihn nicht einfach so hier aus seiner Heimat reißen, wahrscheinlich könnte ich ihn zu Hause gar nicht auf die Straße lassen. Ganz abgesehen davon, dass mein Freund Leo keine Katzen mag.«

Gesche sah glücklich aus über diesen Vorschlag, und so fuhr ich fort:

»Ich hoffe, ich höre bald vom Notar, wie die Hinterlassenschaft genau aussieht, dann sehen wir weiter. Der Gedanke, das Haus zu verkaufen, gefällt mir immer weniger, obwohl ich keine Ahnung habe, was ich damit machen soll. Vielleicht könnte ich das Haus vermieten …«

»Und wo willst du dann wohnen, wenn du herkommst?«, fragte Gesche, und da hatte sie auch wieder recht. Da hatte bisher noch keiner drangedacht, nicht mal Malte.

»Und den Laden brauchen wir«, hängte sie forsch hintendran und ihre Wangen glühten. »Ich bin ja nicht die Einzige hier, die nicht ohne Weiteres zum Einkaufen in den Supermarkt kommt.«

»Nee, das schlag dir aus dem Kopf, Gesche«, wehrte ich ab. »Das geht einfach nicht. Das konnte Rike, aber wie sollte ich das hinkriegen?«

»Na, genauso wie Rike«, grummelte sie enttäuscht. »Wenn sie mal dringend wegmusste, hab ich den Laden gehütet. Das ging prima, das glaubst du nicht! Schließlich waren wir seit Jahrzehnten Nachbarinnen. Da kennt man sich doch aus beim andern.«

»Ja. Glaub ich. Aber nun lass mal gut sein mit dem Thema. Was meinst du, wie wird das Wetter morgen?«, versuchte ich abzulenken.

»Das Wetter? Das Wetter wird, wie es wird. Aber nach dem Regen kannst du gut das Unkraut rausmachen im Garten, da kommen die Wurzeln besser. Morgen könntest du da rangehen, wenn die Regenfront durch ist.«

Ja, ja. Die Nachbarn haben den eigenen Garten besser im Auge als man selbst!

Gesche dachte kurz nach.

»Und für den Fall, dass du morgen in die Stadt fährst, könntest du mir da ein paar Besorgungen machen? Nur Kleinkram wie Zahnpasta und Klopapier, aber manchmal braucht der Mensch auch was, was nicht im eigenen Garten wächst.«

Ich schluckte. Ach, mein Stadtleben, mein autarkes, unverbundenes Stadtleben, wo keiner den anderen brauchte! Wo kaum einer für den Nachbarn mitdenkt, keiner sich fragt, ob ein anderer vielleicht was brauchen könnte. Die Frau im dritten Stock, die ein neues Hüftgelenk bekommen hat und an Krücken geht. Der Mann im Nebenhaus, der gerade seine Frau verloren hat. Die alte Frau, die Schnee schippen müsste und es doch nicht mehr kann. Die junge alleinstehende Mutter, die arbeiten gehen muss, obwohl der Kleine schon wieder eine Angina hat und mit Fieber nicht in den Kindergarten darf … Die Großstadt, wo man tagelang durchkam, ohne ein Wort wechseln zu müssen.

Oder zu können.

»Mach ich«, sagte ich zu Gesche. »Schreib mir einen Einkaufszettel.«

15

Der nächste Tag bot das volle Programm. Gleich am Morgen, ehe ich noch vor der Haustür gewesen war, rief Rick an.

»Hallo, Nina. Tut mir leid, ich war gestern in Hamburg. Falls du schon auf bist und man Spiegeleier auch zum Frühstück haben könnte, wär ich in ein paar Minuten da.«

»Die Eier hat Gesche gestern gekriegt. Aber kommen könntest du trotzdem.«

Ich machte andeutungsweise ein paar Turnübungen, duschte, zog den Pulli über und öffnete die Haustür. Der Kiesweg glänzte, als hätte jemand die Kiesel einzeln poliert, so frisch gewaschen sah er aus, die Rosenstöcke am Haus schienen sich für einen Fototermin zurechtgemacht zu haben, auf den großen Blättern der Stockrosen glänzten noch ein paar Tropfen. Der Himmel war strahlend blau. Nicht eine Wolke.

Ich sah erst jetzt, dass neben der Haustür ein Körbchen mit Eiern stand.

»Die Hühner waren wieder fleißig!«, hatte Gesche auf einen Zettel geschrieben. Und auf der Rückseite war die Einkaufsliste.

Ich stand auf der Schwelle, sah hinüber zu der Wiese, auf der stoisch ein paar Kühe in der Morgensonne weideten, und war auf gänzlich unerwartete Weise glücklich und zufrieden. Ich ließ den Blick schweifen, als sei ich die Königin der Welt, und all, all das war meins. Ehe mich der erhabene Größenwahn wie einen Heißluftballon in die Lüfte entführte, holte mich das Klingeln des Telefons auf die platte Erde zurück. Es war die Sekretärin des Notars in Kiel. Sie wollte einen Termin vereinbaren und … ja, es würde gleich heute passen, wenn ich Zeit hätte vorbeizukommen.

Mein Herz schlug so aufgeregt, als hätte ich ein Date. Ja, natürlich ging mir auch gleich durch den Kopf, dass dies eine gute Gelegenheit war, mich bei Malte zu melden. Aber das war es nicht nur. Ich hatte innerlich schon Besitz von Tante Rikes Haus ergriffen, und ich war besorgt, was der Notar zu Tage gefördert haben könnte. Würden die Fakten mich zwingen, das Haus zu verkaufen, um anstehende Schulden begleichen zu können? Oder blieb mir mehr Handlungsspielraum?

Ich konnte mich kaum auf Rick und den Computer konzentrieren, so sehr trieb mich der anstehende Termin beim Notar um. Aber Rick war die Ruhe selbst. Er saß freundlich lächelnd wie ein Hausarzt aus alten Zeiten vor dem Laptop und probierte ein paar Tastenkombinationen aus, als taste er vorsichtig den Bauch des Patienten ab. Und siehe da: Ctrl + SHIFT + Pfeiltaste war die richtige Diagnose und die Heilung zugleich. Schwupp, schwupp, zweimal 90° gedreht, und die virtuelle Welt stand wieder auf den Füßen.

»Ich verschwinde gleich«, lächelte Rick, »ich seh doch, wie nervös du bist. Aber gib mir Bescheid, wie es beim Notar gelaufen ist.«

Und dann, kaum war Rick gegangen, schellte schon wieder das Telefon.

»Hallo, Malte«, sagte ich und räusperte mich. »Das passt gut. Ich muss heute nach Kiel. Hast du Zeit für einen Kaffee?«

»Hab ich«, antwortete er. »Ich bin im Institut. Melde dich, wenn du beim Notar fertig bist.«

Ich schnappte Gesches Einkaufszettel, schloss ab und warf mich ins Auto. Und schon wieder klopfte mein Herz.

»Wenn Sie das Haus verkaufen möchten, kann ich Ihnen vielleicht behilflich sein«, meinte der Notar.

»Weil Sie wissen, dass Herr Niebeck, der Bürgermeister, es gern kaufen möchte?«, antwortete ich.

Der Anwalt sah mich erstaunt an. »So ist es. Hat er schon mit Ihnen darüber gesprochen?«

»Nein«, gab ich zurück, »er hat nur eine Andeutung gemacht, aber die anderen Leute im Dorf haben mit mir darüber gesprochen. Nur – ich will es gar nicht verkaufen«, lächelte ich. »Ich übernehme die fünftausend Euro Schulden. Das Geld bringe ich auf.«

Der Mann zuckte mit den Schultern.

»Das ist natürlich Ihre Sache. Hier sind alle Unterlagen. Sie müssen nur noch unterschreiben. Wir können dann alles Notwendige gleich hier in der Kanzlei beglaubigen. An welche Adresse soll ich die Rechnung stellen?«

Ich sah auf meine eigene Unterschrift und glaubte es nicht. Mit dieser Unterschrift wurde Großmutters und Tante Rikes Haus zu meinem. Alle hatten eine Meinung, aber ich allein hatte die Entscheidung getroffen.

Es war meine Entscheidung. Meine Verantwortung. Mein Haus. Meine Himbeerstöcke, meine Rosen, mein Pflaumenbaum. Ich ging in die nächste Restaurant-Bar und bestellte ein Glas Champagner. Und dann noch eins. Ganz für mich allein und bevor ich irgendjemanden anrief.

»Morgen soll das Wetter sehr schön sein, und ich könnte freimachen«, sagte Malte, nachdem er mir gezeigt hatte, wo er arbeitete. »Hast du Lust? Dann könnte ich mit dem Wagen zu dir kommen, das Auto dort stehen lassen und wir könnten mit dem Rad an die See fahren.«

»Wie früher«, nickte ich. »Und dann ein Stück auf dem Deich fahren.«

»Und am Strand liegen.«

»Und Wolken zählen.«

»Und ins Wasser rennen.«

Hand in Hand wie damals, dachte ich, sagte aber nichts.

»Wenn du mir noch die Hand gibst«, sagte Malte.

»Mal sehen!«, erwiderte ich und sah zur Seite.

Ich stand schon vor der Haustür, als mir einfiel, dass ich völlig vergessen hatte, für Gesche einkaufen zu gehen. Und das Fenster zum Schlafzimmer hatte ich auch nicht zugemacht. Ich musste besser auf mein Haus aufpassen, auch wenn hier wahrscheinlich nur alle hundert Jahre mal eingebrochen wurde. Ich schloss die Tür auf und trat ins Haus. Wie anders das ist, wenn man ein Haus betritt, das einem selbst gehört! Überwältigt von Besitzerstolz ging ich von Raum zu Raum und machte im Kopf eine Liste, was ich alles verändern wollte. Aber als ich ins Gästezimmer kam, das jetzt mein Schlafzimmer war, vergaß ich sämtliche Listen. Auf meinem Kopfkissen, schön in der Mitte, stand ein Huhn. Ein echtes, gackerndes, weißes Huhn. Fehlte nur noch, dass es gleich ein Ei legte. Genau! Mit diesem Bild (wo ist das Handy? Huhn bleib schön da!) würde ich bekannt geben, dass ich nun ein Haus in Nordhült hatte. Und der Erste, der das Foto bekam, war natürlich Leo.

»Halt mich für ein dummes Huhn«, schrieb ich unter den MMS, »aber ich habe das Haus übernommen. Kuss, Nina.«

Die Antwort ließ nicht auf sich warten.

»Bist du verrückt?«, sagte Leo heftig am Telefon. »Jetzt, wo hier alles unsicher ist!«

»Gerade darum«, antwortete ich. Und während ich das sagte, wurde mir klar: Ja, genauso ist es.

Das Haus gehörte zu mir, und ich zu diesem Haus. Vielleicht nicht für immer. Vielleicht in anderer Weise, als ich jetzt absehen konnte. Aber wir zwei gehörten zusammen. Seltsam. Plötzlich war das wichtiger als alles andere, und es war mir völlig gleich, was Leo davon hielt. Das Haus stärkte mich. Es nahm mich in die Verantwortung. Aber eigentlich war es eine Verantwortung, die ich für mich selber übernahm.

Ich musste ein bisschen grinsen – fühlte ich mich etwa erwachsen?

»Gesche, ich lad dich ein in den *Dorfkrug*. Ich hab nämlich vergessen, für dich einzukaufen. Ich war so aufgeregt. Ich hab das Haus übernommen. Und ich behalte es. Und hier hast du eine Rolle Klopapier und Zahnpasta. Hatte Rike noch vorrätig. Morgen gehe ich dir alles einkaufen, was du willst!«

Gesche weinte ein bisschen. Wohl noch wegen Rike. Und vielleicht auch aus Erleichterung, dass Niebeck nun nicht so leicht nach Gesches Grundstück greifen konnte, wenn er meines nicht bekam. Denn ohne meins konnte er mit ihrem nicht viel anfangen.

»Und eins deiner Hühner fühlt sich übrigens wohl in meinem Bett. Ich hab es aber trotzdem aus dem Fenster gescheucht.«

»Du lieber Gott! Das ist Traudel. Sie ist auch früher schon zu Rike rüber, das verrückte Huhn! Aber was willst du mit mir im *Dorfkrug*? Da sitzen doch nur die Männer rum!«

»Nu komm schon! Ich hab keine Lust zu kochen und ich schulde dir was, so vergesslich wie ich war.«

Ich zog sie mit mir fort.

Wir waren tatsächlich die einzigen Frauen im *Dorfkrug*, aber Stine freute sich über die Verstärkung.

»Ich hab mich umgehört«, sagte sie und setzte sich zu uns. »Der Wunsch nach einem Laden im Dorf ist groß. Die meisten von uns sind älter, die Jungen wandern ab dahin, wo's Arbeit gibt. Und wir Älteren sind froh, wenn wir im Dorf einkaufen können. Ich hab aufgeschrieben, wer bereit wäre, stundenweise nach dem Laden zu sehen.«

Ich schluckte. Das Dorfleben hat viele Tentakel. Und wenn ich was habe, dann die Angst, mich nicht mehr frei bewegen zu können. Das Heft nicht mehr in der Hand zu haben.

»Aber einer muss ihn ja führen«, protestierte ich. »Die Buchhaltung machen, die Kasse, die Bestellungen, die Entsorgung.«

»Schon gut!«, beruhigte mich Stine, die sehr genau wusste, wie man einen Laden schmeißt. »Ich dachte nur, du könntest mal mit Julia sprechen, die junge Frau, die bei Niebeck auf dem Reiterhof hilft. Die ist ein Pferdenarr, nur bei Niebecks gefällt es ihr nicht. Die lassen sie grausam schuften. Nicht nur für die Pferde. Ich weiß, dass sie eine kaufmännische Ausbildung gemacht hat. Die könnte das. Ich brauch eine Hilfe hier, aber nur für die Spitzenzeiten. Da könnte sie doch halb das eine, halb das andere machen.«

Gesche machte große Ohren. Riesig lange Löffel wuchsen ihr da, aber es störte mich nicht.

»Ich kann den Laden auch stundenweise übernehmen«, ließ Gesche verlauten, »das hab ich schon zu

Rikes Zeiten gemacht, zur Freude von dem Herrn aus Hamburg. Wenn der mal wieder mit ihr wegwollte.«

Ich warf ihr einen strafenden Blick zu. »Er heißt Rick, Gesche. Und er ist sehr nett!«

»Na, wie auch immer«, brummelte sie und versagte sich weitere Äußerungen über »den Herrn«. »Aber schreib mich mit auf die Liste, Stine.«

Jetzt nicht die Flucht ergreifen, Nina, dachte ich. *Schön standhalten.*

»Danke für eure Anregungen. Ich denke gern darüber nach«, sagte ich möglichst locker. »Und jetzt muss ich ins Bett. Hab morgen wieder viel vor.«

Aber was das war, das behielt ich für mich.

16

Das Meer. Wenn man es beschreiben könnte. Aber kaum hat man ein Wort dafür gefunden, ist es schon wieder anders. Hier oben wenigstens. In Sardinien sieht das Meer tagelang, wochenlang gleich aus. Türkis und Blau. Blau und Türkis. Im Sommer jedenfalls. Nicht, dass ich was gegen diese Farben hätte, vor allem nach kalten Winter- und mickrigen Frühlingstagen, aber faszinierender sind doch auch die Menschen, die viele Facetten haben. So ist es hier oben mit dem Meer. Es schimmert in so verschiedenen Farbtönen, dass man die Palette immer wieder neu mischen müsste, um es zu malen. Das bewegte, immer sich wandelnde Meer.

Ich saß mit Malte am Strand und ließ den feinen Sand zwischen den Zehen durchrieseln. Wir waren noch nicht im Wasser gewesen, hatten uns noch nicht mal ausgezogen, nur die Jeans hochgekrempelt, als genierten wir uns, dem anderen unseren erwachsen gewordenen Körper zu zeigen. Wir sahen aufs Wasser hinaus und schwiegen. Nur jetzt nicht das falsche

Wort sagen. Jetzt eben kam die Sonne hinter einer weißen Schönwetterwolke wieder hervor. Das Meer färbte sich blau, die Wolke schwamm davon und ich ließ mich zurückfallen, verschränkte die Arme unter dem Kopf und ließ mich mit geschlossenen Augen bescheinen.

Wir waren ein ganzes Stück auf dem Deich geradelt, und ich hätte jubeln können, so weit und frei war alles um uns herum. Das Wasser glitzerte, ruhig lag der Strand, Kinder bauten Burgen, einige Strandkörbe waren »bewohnt« – Badeanzüge trockneten auf dem Korbdach, ein Junge zeigte seiner Mutter die Muscheln, die er gesammelt hatte, Väter standen, die Hände in die Hüften gestützt, wie Kapitäne an Deck und blickten Richtung Horizont. Bäuche wölbten sich, Badetücher wurden ausgeschüttelt. Voll war es nicht. Sand knirschte unter den Rädern, denn noch vor kurzem hatte der Wind vom Wasser her geblasen, und ich hatte meinen Kurs nur mit Anstrengung auf geradeaus gehalten. Auf der anderen Seite des Deichs lag die grüne sanfte Fläche des angrenzenden Landes, auf dem Gras tollten ein paar Hunde herum, einer jagte übermütig mit fliegenden Ohren davon und wurde zurückgepfiffen.

Ich fuhr voraus und fühlte Malte im Rücken, dann überholte er mich, fuhr neben mir her und streckte den Arm zu mir herüber. Ich ließ den Lenker los, seine Rechte und meine Linke berührten sich, dann fuhr Malte voraus und ich trödelte hinterher, glücklich und … nein, das durfte man nicht aussprechen. Ich sah ihn kleiner werden auf dem schnurgeraden Dammweg, anhalten, sich umsehen nach mir. Wieso kann man so beglückt sein, nur weil sich jemand nach einem umdreht? *Ja, ich komme schon, gleich,* besagte mein Winken, ich bin müde, wunderbar müde vom Strampeln gegen den Seitenwind, der sich dann von einer Sekunde auf die andere legte und der Sommerhitze Platz machte. Malte wartete, bis ich ihn eingeholt hatte. Mir war heiß geworden, ich klappte die Krempe meines Sonnenhutes zurück und trank auf einen Zug die Wasserflasche leer, die ich mitgenommen hatte.

»Hast du Hunger?«, fragte Malte. »Sollen wir uns bei der Fischbude da drüben was holen? Picknick am Strand, Fischbrötchen mit Sand?«

Seine Zähne blitzten in seinem braungebrannten Gesicht. Er sah so jung aus, fast wie damals. Nein, das war nicht wahr. Er war ein Mann, und damals war er ein Junge gewesen. Ich wollte ein Brötchen mit Brathering und eins mit goldbraun gebackenem Fisch, und Kartoffelsalat wollten wir beide. Maltes Augen wechselten die Farbe wie das Meer. Manchmal schien ein grüner Ton darin auf und ein Braun wie das von gesprenkelten Wachteleiern, aber meist waren sie graublau.

Ich lag in der Sonne und spürte durch die geschlossenen Lider unter der Sonnenbrille, wie sich ein Schatten über mein Gesicht legte. Ich blinzelte. Aber es zog keine Wolke vor der Sonne vorbei, es war Maltes Gesicht, das sich über mich beugte, seine Hand, die mir vorsichtig einen Brötchenkrümel vom Kinn strich. Ich schloss die Augen, hielt die Luft an. Dann spürte ich, wie sein Gesicht sich wieder von meinem entfernte. Ich drehte leise den Kopf, blinzelte noch einmal und sah, dass er neben mir lag, einen Arm über den Augen. Die andere Hand lag neben meiner im Sand, und ich weiß nicht, was mich dazu trieb, sie zu berühren. Es war eine leichte Bewegung, fast zufällig, leicht zu übersehen und schwer zu deuten. Erklären kann ich es nicht, aber es sprang einfach über. Irgendwas sprang über zwischen meiner und seiner Hand, obwohl unsere Finger nun wieder unbewegt dalagen, getrennt von ein paar Zentimetern Sand.

Das Gefühl war unbeschreiblich schön, und es machte mich ratlos. Passiert so was nur, wenn beide das Gleiche fühlen? Oder geht das, dass einer allein unter Strom steht und der andere kann so unberührt sein wie ein toter Fisch? Ich versuchte mich abzulenken und an Leo zu denken. Leo brauchte mich, er hatte eine schwere Zeit. Und er hatte mir schließlich nie was angetan. Wahrscheinlich liebte er mich. Und ich ihn doch auch!? Und überhaupt, was sollte das alles? Ich war doch kein Teenager mehr!

Malte nahm den Arm von den Augen, sah zu mir herüber und sagte, als er sah, dass ich wach war und mich bewegte: »Komm! Wir gehen rein. Jetzt oder nie!«

Wenn er nur gewusst hätte, was er da sagte! Er war ja so ahnungslos. Genau wie damals, als ich wartete und wartete, bis er endlich mal …

»Okay«, antwortete ich und wir streiften die Jeans ab, zogen die T-Shirts über den Kopf, warfen die Sonnenbrillen auf die Badetücher und Malte griff nach meiner Hand. Wir liefen los, nahmen Fahrt auf, und mir war so heiß, dass ich überzeugt war, das Wasser müsse aufzischen und sich gleich um ein Grad erwärmen, wenn ich hineinsprang. Aber dem war leider nicht so, es war höchstens achtzehn Grad und blieb auch dabei, und ich wäre stehen geblieben, als es mir noch nicht mal bis zum Knie reichte, wenn Malte mich nicht weitergezogen hätte. Dann brach sich eine Welle an meinem Bauch, und ich war drin. Ich kippte direkt auf Malte zu und der fing mich auf und hielt mich fest, und das war das schönste Gefühl seit Jahren.

Ach was, seit Jahrzehnten. Der Boden gab unter mir nach oder vielleicht kamen wir auch nur ins Tiefe, jedenfalls dachte ich gar nichts mehr.

Das Wasser brannte auf meiner Haut und keiner von uns hatte damit angefangen, ich schwöre es. Oder vielleicht war es doch Malte, der noch stehen konnte, wo ich schon schwebte und mit den Beinen nach Grund suchte. Das Wasser schwappte und fuhr uns über die Münder. Aber wir ließen nicht ab voneinander, nasse Küsse waren das, das konnte man schon sagen. Ich fing schon an zu bibbern, aber wir konnten einfach nicht aufhören mit dem Küssen. Vielleicht fürchteten wir beide, dass wir an Land wieder andere werden mussten. Er ein Mann mit einer Freundin, ich eine Frau mit einem Freund. Und deshalb blieben wir im Wasser, bis wir beide vor Kälte zitterten.

»Du warst meine große Jugendliebe«, sagte Malte, als wir in unsere Badetücher gewickelt wieder am Strand saßen. »Ich messe noch heute jede Frau an dir. Es war schwer, sich zu verlieben. Die anderen hatten schon alle ein Mädchen, nur mir glückte nichts. Ich war ziemlich lange allein. Als Annika auf mich zukam, während des Studiums in Odense, war ich froh. Sie eroberte mich einfach Stück für Stück. Ich war ihr dankbar dafür. Wir verstehen uns gut.«

»Ich war ein Kind damals«, wandte ich ein.

»Du warst vierzehn.«

»Dreizehn!«

»Ich weiß es besser. Du hast gesagt: Mit vierzehn ist man erwachsen. Jungen nicht, aber Mädchen schon.«

Er griente, und dann lachten wir los.

»Na, dann bin ich ja jetzt schon bald im Greisenalter«, sagte ich.

»Da soll die Liebe am schönsten sein«, meinte Malte.

Wir wurden still. Langsam leerte sich der Strand. Schaufeln und Eimerchen wurden zusammengeräumt, die Kleinen plärrten müde, als sie angezogen wurden, die Größeren liefen noch einmal zu der feinen Linie, wo der weiße Saum der auslaufenden Wellen gekräuselte Linien auf den Sand zeichnete. Sie konnten sich nicht trennen vom Tag. Die Mütter waren geschäftig, die Väter sahen aufs Handy.

»Ich kenne einen schönen Ort hier in der Nähe«, sagte Malte da in unser Schweigen hinein. »Gute Küche, und man kann draußen essen, im Strandkorb, direkt am Wasser. Mit Blick auf den Sonnenuntergang. Willst du?«

Das Gras bekam im Abendlicht einen grüngoldenen Anstrich. Die Bucht verlief in sanftem Bogen und verlor sich in der Ferne. Langsam begann die blaue

Stunde. Blass und kühl erschien der Mond am Himmel. Die Sonne war noch nicht versunken, aber sie stand tief und ihr letztes Licht färbte den Dunst am Rande des Horizonts in ein zartes Violett. Das Wasser lag ruhig, ein paar Möwen zogen eine letzte Runde. Der Weißwein war leicht und trocken und wir blieben zum Essen draußen. Der Kellner brachte eine Decke, Malte wickelte mich hinein. Dann wurde es dunkel. Viele Worte brauchte es nicht. Wir wollten das schönste Zimmer, ja, das mit dem Kamin.

Morgen ist ein anderer Tag.

17

Die politische Weltlage hatte sich nicht die Spur verändert, der Klimawandel ging weiter, die Meeresspiegel stiegen schneller als erwartet, auf den Straßen herrschte der übliche morgendliche Stau. Nur ich war nicht mehr dieselbe. Die Nacht am Meer hatte mich verwandelt. Ich platzte vor Energie und Tatendurst, ich sang ganze Opernarien (nur die ganz bekannten, die jeder kennt), ich band Tante Rikes Schürze um und suchte nach Aufgaben. Eigentlich hatte ich ja mit einem fremden Mann geschlafen, denn mir fehlte die Kenntnis von zwanzig seiner Lebensjahre, aber so ist es ja immer. Wer weiß schon lückenlos über die Geschichte des anderen Bescheid beim »ersten Mal«?

Der großartige Energieschub verdeckte allerdings die nicht unwichtige Frage, wie es nun weitergehen sollte. Wir hatten sie beide wohlweislich nicht gestellt, als wir durch die Morgenfrische zurückradelten nach Nordhült. Was sollte man auch reden. Wir wussten beide nicht, wie es weiterging. Ich machte Malte noch einen Kaffee, wir standen engumschlungen, ach, was sage ich, unauflöslich verknotet in der Küche. Aber dann mussten wir Arme und Beine und Herzen leider entwirren, denn Malte musste zur Arbeit.

Ich beschloss, in Tante Rikes Zimmer überzusiedeln. Es war das schönste Zimmer im Haus, und ich wollte an der Einrichtung eigentlich nichts ändern. Ich würde das Regal und die Kommode mit meinen eigenen Sachen füllen und die Bettwäsche erneuern, mehr brauchte es im Moment nicht. Ich steckte Rikes Kleider portionsweise in die Waschmaschine, hängte alles im Garten zum Trocknen auf und wollte die Kleider später in Kartons im Dachstock verstauen – bei Gelegenheit konnte ich die Sachen sicher in eine Kleidersammlung geben. Eine von Rikes Strickjacken behielt ich für mich, sie würde mich wärmen, wenn mir einmal nicht so sommerlich zumute war wie in diesem Augenblick. Und ihr Wetterzeug würde noch manchen Sturm überdauern und mir Schutz bieten.

Im Regal machte ich zunächst nur Platz für den Laptop; Rikes persönliche Dinge, ihre Fotos und Bücher wollte ich in Ruhe ansehen. Sicher wollte ich einiges davon behalten, und auch Rick würde vielleicht gern ein paar Erinnerungsstücke haben. Ja, und nachdem ich die Fenster geputzt und das Zimmer fertig sauber gemacht hatte, stellte ich mir frische

Blumen aus meinem Garten auf den Schreibtisch, legte eine CD auf und trank bei Mozarts Klavierkonzert Nr. 21 in C-Dur mit seinem unglaublich schönen und zärtlichen zweiten Satz den ersten Kaffee in meinem neuen Zimmer in meinem neuen Haus.

Und dann machte ich mich wieder dran. Ich fegte und wischte, saugte und staubte ab, sang, ächzte und fluchte, bis ich das Gefühl hatte, mir bräche der Rücken entzwei. Einigen überflüssigen Kleinkram, wie er sich in jedem Haushalt ansammelt, warf ich weg, und ich beschloss, das Wohnzimmer völlig zu entrümpeln. Die Oma-Zeit war nun doch lange vergangen und Rike hatte den Raum wohl einfach sich selbst überlassen. Ich wollte Gesche fragen, ob sie etwas von den Möbeln, Kissen oder Deckchen haben wollte, rief aber, nachdem ich auf dem unteren Brett eines Beistelltischchens doch noch das Telefonbuch gefunden hatte, gleich ein Entrümpelungsunternehmen an. Bis die Leute kamen, würde ich meinen Durchgang durchs Haus beendet haben und wissen, was ich alles weggeben wollte.

Jeder weiß es: Putzen kann das Herz geradezu erheben. Raum schaffen! Klarheit gewinnen! Sich selbst als aktiv, stark und entschieden erleben. Das Angegraute und Vergilbte aus dem eigenen Leben vertreiben! Und dann diese neue, glänzende Ordnung, die einen glauben lässt, die Welt sei in Ordnung. Also, wenigstens die eigene unbedeutende kleine Welt.

Stöhnend ließ ich mich auf einen Stuhl fallen. In meinem Putzrausch hatte ich sogar Malte vergessen, aber kaum saß ich da, floss er wieder durch meine Adern, fühlte ich seine Haut auf meiner Haut. Oh Gott, und nun? Und da ich diese Frage auch nach der Putzorgie nicht beantworten konnte, raffte ich mich, die Hand in den Rücken gestützt (Hexenschuss?!) wieder auf, räumte die Abfallsäcke aus dem Weg (wann und wo Müllabfuhr? Zettel machen, Gesche fragen!) und schleppte mich mehr, als dass ich ging, in meinen Garten und zu meinen Himbeerbüschen. Und dann ist es ja immer das Gleiche: die Himbeeren, die Stachelbeeren, die Johannisbeeren, alle waren sie genau jetzt und genau gleichzeitig reif. Und da es nun meine Beeren waren, musste ich mich um sie kümmern, da half kein »Was geht es mich an«!

Ich zupfte und pflückte, bis ich nicht mehr konnte und unter den leergeräumten Sträuchern ins Gras sank, bereit für ein Nickerchen. Gerade war ich dabei, selig wegzusacken, als mich jemand sanft am Arm ruckelte.

»Du, schläfst du?«

Ich machte die Augen auf und sah direkt in Emilys total ausgeschlafenes und erwartungsfrohes Gesicht.

»Ich wollte gerade ein bisschen schlafen!«

»Aber jetzt bist du ja wach.«

»Ja, jetzt bin ich leider wach. Das stimmt.«

»Gehen wir jetzt zusammen in den Laden? Ich hab doch gesagt, ich helf dir, dass er wieder schön wird.«

Ich setzte mich auf, mit Schlafen war wohl nichts. »Siehst du die Körbe und Schüsseln hier, mit all den Beeren? Die hab ich gepflückt, und mit denen muss jetzt als Allererstes was passieren, damit sie nicht verfaulen.«

Emily nickte. »Ja, die kannst du jetzt im Laden verkaufen.«

Ich seufzte und stand stöhnend auf.

»Bist du krank?«

»Nee, nur müde und kaputt. Also komm, wir schauen mal, was wir jetzt mit dem vielen Obst machen können. Hilfst du mir? Nimmst du die Johannisbeeren?«

Wir inspizierten gemeinsam die Vorratskammer und den Laden, fanden Plastikbeutel zum Einfrieren und warfen zu Emilys großer Freude die Eistruhe an. Wir füllten die Beeren portionsweise ab, steckten immer mal wieder ein paar in den Mund, und zum Schluss stand nur noch eine große Schüssel mit gemischten Beeren da, aus denen ich rote Grütze machen wollte. Die Hälfte davon packte ich Emily ein.

»Die hast du dir verdient. Bring sie doch Onkel Kurt und Tante Mara, Nachtisch für heute Abend.«

»Onkel Kurt hat selber Beeren. Viel mehr als du. Die ess ich alleine.«

»Na, ist auch gut. Aber jetzt lauf – nicht dass sie sich Sorgen machen, wo du bleibst.«

Emily stellte sich auf die Zehenspitzen, legte mir die Arme um den Hals und gab mir einen Kuss.

Ja, ich winkte ihr nach, als sie davonhüpfte, wie eine Mama. Dann sank ich in mich zusammen oder, besser gesagt, fiel ich aufs Bett und streckte Arme und Beine von mir. Mir taten alle Knochen weh und das Herz auch, denn es war ganz schrecklich sehnsuchtsvoll. Aber ich rief Malte nicht an, denn zum einen hatte ich das Gefühl, ich käme nie mehr von diesem Bett hoch, und zum anderen war ich mir nicht sicher, ob das gut wäre, jetzt anzurufen. Vielleicht war Malte gerade dabei, Annika zu erklären, wo er letzte Nacht gewesen war. Oder er hatte sie angelogen, und das wäre nicht minder peinlich. Das würde ich ihm sofort anmerken. Dann wäre unsere Geschichte zu Ende, ehe sie angefangen hatte. Also blieb ich einfach liegen.

Auf leisen Pfoten stieg Fritzchen, der Katzenkater, zu mir, kitzelte mich mit seinen Barthaaren und legte sich dann schnurrend neben mich. Er hatte angewidert und beleidigt das Weite gesucht, als ich anfing, mit Besen und Staubsauger zu hantieren, und sich den ganzen Tag nicht mehr blicken lassen. Jetzt ließ er sich wohlig streicheln, und irgendwie war ich immer noch so unter Strom, dass es auch zwischen ihm und mir funkte und sein Fell knisterte, als wolle es Funken sprühen.

18

Ich muss tief und fest eingeschlafen sein, denn als ich vom Klopfen an der Haustür erwachte, war es schon stockdunkel. Verwirrt setzte ich mich auf und knipste das Licht neben dem Bett an.

Fritz der Kater hatte sich einen anderen Platz gesucht. Ich hatte noch die Schürze um und dunkelrote Ränder unter den Fingernägeln vom Beerenpflücken. Das Klopfen steigerte sich zu einem heftigen Hämmern.

»Ja«, rief ich, »ich komme, ich komme ja schon!«, schlüpfte in die Schuhe, fuhr mir durch die Haare und öffnete.

Erschrocken und entgeistert blickte ich in Leos Gesicht.

»Leo …!«

»Ja. Wie er leibt und lebt. Nina! Was ist denn mit dir los? Wie siehst du denn aus? Und das ganze Haus dunkel – ich dachte schon, du gehst hier jeden Abend groß aus und ich muss mich darauf einrichten, auf der Schwelle zu übernachten!«

»Ich hab den ganzen Tag wie wahnsinnig geputzt. Bin einfach eingeschlafen. Komm, setz dich! Ich konnte doch nicht ahnen, dass du hier auftauchen würdest …«

»Ich hab dir doch eine SMS geschickt.«

Völlig konfus fing ich an, nach dem Handy zu suchen.

»Ist doch egal«, sagte Leo, »ich bin ja jetzt da.«

Richtig. Er war jetzt da. Aber ich brauchte Zeit, um mich an den Gedanken zu gewöhnen. Ich ließ mich wieder auf meinen Stuhl sinken, sprang aber gleich wieder auf.

»Hast du Hunger? Was möchtest du trinken? Wie bist du überhaupt hergekommen? Am Bahnhof gibt es doch überhaupt keine Taxis.«

»Na ja, man könnte eins telefonisch bestellen. Oder die eigene Frau könnte einen abholen, wenn sie ihre Nachrichten auf dem Handy zur Kenntnis nehmen würde. Ich bin nach Hamburg geflogen und habe vom Flughafen aus ein Taxi hierher genommen.«

»Was?«, schrie ich. »Das kostet doch ein Vermögen!«

»Nur ein halbes. Kommt jetzt auch nicht mehr drauf an.«

Ich vergaß, dass ich ihm was zu essen und zu trinken holen wollte, und blieb einfach sitzen.

»Wieso das denn? Und das Handy hat doch nicht überall einen Empfang hier … das hab ich dir doch gesagt … Aber was ist los, um Himmels willen? Worauf kommt es nicht mehr an?«

Leo stiegen die Tränen in die Augen. Das hatte ich noch nie bei ihm gesehen. Und obwohl ich mich noch immer nicht freuen konnte, dass er da war, tat er mir wahnsinnig leid.

»Leo«, sagte ich, stand auf und nahm ihn in den Arm, «was ist denn bloß passiert?«

»Ich kann gehen.«

»Wie gehen?«

»Na, im Verlag. Es war schon abgekartete Sache. Bevor die Beratungsfritzen überhaupt ins Haus kamen. Ich hab dir ja gesagt, die setzen nur um, was man sich ohne sie nicht traut. Die liefern nur die Rechtfertigung und Begründung.«

»Du bist gekündigt?«

»Die Bereiche werden neu organisiert. Mein Job wird in der jetzigen Form abgeschafft. Der intrigante Kunz übernimmt die Gesamtleitung und Verantwortung für Marketing und Vertrieb. Ich kann entweder unter ihm im Vertrieb weiterarbeiten oder mit Abfindung gehen. Die Abfindung ist erstaunlicherweise ganz ordentlich. Bleiben, das geht nicht für mich, das schaffe ich nicht. Wir konnten uns nie ausstehen, Kunz und ich.«

Leo sah mich nicht an. Er schämte sich für seine Niederlage.

Ich drückte ihn fest an mich. Er tat mir so leid. Ich hatte ihn so gern.

»Ist gut, Leo«, flüsterte ich, »ist gut. Ich versteh, dass du nicht bleiben kannst, nicht unter Kunz.«

»Der würde mich fertigmachen!«, murmelte Leo unter meinem Arm hervor.

»Okay. Du wirst was anderes finden. Du bist ein guter Vertriebsleiter, und es gibt noch andere Verlage.«

»Aber ich bin schon zweiundvierzig!«

»Na und? Ab fünfzig wird es schwierig. Aber jetzt doch noch nicht! Warte, ich hol uns einen Schnaps und vor allem was zu essen.«

Leo sah sich tränenumflort um.

»Ganz schön, das Haus«, gab er zu. »Gemütlich.«

Ich brachte alles, was ich noch an Resten im Kühlschrank hatte, und machte schnell ein großes Rührei mit Zwiebeln und Speck. Wir aßen es einhändig, weil es wichtig war, sich in diesem Moment die Hand zu halten.

Ich bin noch nie gekündigt worden. Vielleicht habe ich mich deshalb selbstständig gemacht, um zum Beispiel einer Kündigung zu entgehen. Ich hasse es, wenn von anderen über mein Schicksal bestimmt wird. Ich ertrage das Gefühl nicht, ohnmächtig etwas hinnehmen zu müssen, was andere für mich entschieden haben. Leo hatte bisher nie Lust gehabt, für sich allein zu arbeiten. Er brauchte die Kolleginnen und Kollegen, er war ein Team-Mensch. Er fühlte sich weniger schnell abhängig als ich. Ich wusste das, deshalb kam ich nicht auf meine flapsige Bemerkung zurück, er könne doch hier oben was mit mir zusammen aufmachen. Das wäre jetzt ganz und gar falsch gewesen. Und ich war auch viel zu durcheinander, um mir das vorzustellen. Das für eine gute Lösung zu halten. Man hat nicht immer gleich eine gute Lösung zur Hand. Man muss den Lösungen Zeit lassen, sich zu entwickeln und sich zu zeigen.

»Willst du das Haus sehen?«, fragte ich. »Sehr groß ist es ja nicht.«

Leo schüttelte den Kopf.

»Morgen, Nina. Ich bin hundemüde. Wo ist das nächste Bett?«

Also zeigte ich ihm nur das Bad und das Bett, und als ich mich neben ihn legte, nicht ohne Beklemmung, schlief er schon.

Ich hatte ein Gefühl, als hätte ich ewig geschlafen. Jedenfalls schien die Sonne schon wärmend ins Zimmer, als ich aufwachte. Ich brauchte einen Moment, um mich zu orientieren, denn neben mir lag Leo, und das fühlte sich sehr merkwürdig an. Merkwürdig, und auch ein bisschen fremd. Leise stieg ich aus dem Bett und ging ins Bad. Und als ich aus dem Bad kam, ging ich nicht zurück ins Bett. Ich konnte nicht. Ich weiß nicht, wieso. Ich setzte Teewasser auf und öffnete den oberen Teil der Haustür, um Luft und Licht hereinzulassen. Ich war unfähig, einen klaren Gedanken zu fassen, und muss ziemlich somnambul ausgesehen haben oder wie eine Mondsüchtige, die nicht weiß, wo sie ist.

»Nina?«, rief Leo aus dem Zimmer.

»Ja! Bin in der Küche!«, antwortete ich, und darauf war es still.

Wahrscheinlich hatte Leo sich noch mal umgedreht. Ich stand mit der Teetasse an der halboffenen Haustür und schaute hinaus. Es war ein prächtiger Sommertag, aber heute drang das nicht so richtig zu mir durch. Plötzlich aber war ich so wach, dass es wehtat. Ich sah ein Auto auf das Haus zukommen. Es war rot. Ein roter Golf. Mein Gott, das war Malte. In einer lächerlichen Regung duckte ich den Kopf, als wollte ich mich verstecken, öffnete dann aber geistesgegenwärtig die Tür und lief Malte entgegen, der vor dem Haus angehalten hatte und schon aus dem Wagen gesprungen war.

»Ein ganzer Tag ohne dich ist einfach zu lang!«, rief er lachend schon von weitem. »Und die Nacht erst!«

Er hob mich hoch, mit der Teetasse, die ich noch in der Hand hielt. Der Tee schwappte über, lief über meinen Pyjama und über Maltes T-Shirt, und zwischen seinen Küssen wollte ich ihm dringend etwas sagen, dringend, aber er ließ mich nicht und sagte mir nur ins Ohr: »Wir müssen reden.«

Ich wollte sagen: »Pssst! Hör mir doch jetzt mal zu!«, aber ich war erst in der Hälfte des Satzes, da sagte Leo in der Tür:

»Ah … guten Morgen …« und »Entschuldigung, dass ich störe!«, und verschwand wieder im Haus.

Malte stellte mich zurück auf den Boden, fassungslos, gekränkt, und ich flüsterte: »Leo ist gestern Abend gekommen. Ganz überraschend. Ihm ist gekündigt worden.«

Malte nickte und streichelte mir wie abwesend über die Wange. »Schon gut, Nina. Er ist gekommen, weil er dich braucht. Ich geh dann mal, ja?«

Seine Augen waren heute grünlich-braun. Er roch nach Wasser und frischem Gras, und seine Küsse hatten sich angefühlt, als hätte der Himmel sie für mich ausgedacht. Seine Strubbelhaare waren weich und standen kreuz und quer, und ich sah wortlos zu, wie er ging, ins Auto stieg und davonfuhr.

19

Es war ein Wunder, dass Gesche nicht schon viel eher ihre Nase in mein Schicksal gesteckt hatte – gestern Abend zum Beispiel, bei den Ereignissen, die sich in ihrer Nachbarschaft überschlugen. Aber jetzt – ich stand noch völlig belämmert draußen – eilte sie herbei.

»Moin, Nina, ist bei dir denn alles in Ordnung, min Deern? Das geht ja wie im Taubenschlag …«

Das letzte Wort blieb halb fragend, halb tadelnd in der Luft hängen, und ich hatte keine Kraft, freundlich zu sein.

»Morgen, Gesche, nicht jetzt. Ich hab keine Zeit und keine Lust zum Reden«, sagte ich kurz angebunden und drehte mich weg.

»Das kann ich mir vorstellen!«, sagte sie beleidigt und gab mir kopfschüttelnd zu verstehen, dass sie meinen Lebenswandel erstens mitbekam und zweitens missbilligte. Ehe sie ging, sagte sie aber noch:

»Übrigens, die Julia, die Praktikantin von Niebeck, hat nach dir gesucht. Sie wollte mit dir reden.«

»Ja, ist gut«, sagte ich brüsk, straffte die Schultern und ging ohne ein weiteres Wort ins Haus, wo ich Leo ins Gesicht blicken musste. Leo saß halb angezogen am großen Tisch und hatte sich vom Tee eingeschenkt. Ich stellte endlich meine Tasse ab, die ich immer noch in der Hand hielt.

»Der Tee ist kalt«, sagte er, »ich mach uns einen Kaffee. Zieh dich erst mal an.«

Mir war bange. Alles war plötzlich unendlich kompliziert. Vor drei Wochen war mein Leben noch völlig normal gewesen, ein bisschen langweilig und je nach Arbeit auch mal stressig. Aber jetzt, nach Rikes Tod, war alles durcheinandergeschüttelt – Leos Leben, mein Leben, Ricks Leben und vielleicht auch Maltes Leben. Was der Tod eines Menschen bei anderen auslösen kann! Und wir waren ja nicht einmal Rikes engste Menschen gewesen, außer Rick vielleicht.

Ich zog mich an und setzte mich zu Leo. Er sah traurig und angestrengt aus, angespannt, aber nicht wütend. Er versuchte ein Lächeln.

»Nina, ich mach dir keine Vorwürfe. Wir haben uns ziemlich auseinandergelebt in der letzten Zeit.«

»Ja«, sagte ich, »das ist mir hier oben auch klar geworden.«

»Es ist niemand schuld daran«, fuhr Leo fort, »wir waren einfach nachlässig. Wir haben uns nicht darum gekümmert, und wir haben es auch beide hingenommen, dass wir auseinanderdriften, uns immer weniger erzählen, immer weniger vom anderen wissen, immer weniger zusammen machen. Uns nicht mehr gegenseitig überraschen.«

Ich nickte. Leo redete immer langsamer. Es wirkte, als habe er Blei in den Kleidern.

»Ich muss dir was sagen, Nina. Ich hab eine Beziehung mit Marion. Schon eine ganze Weile, nicht erst, seit du weggefahren bist. Marion und ich, wir sitzen im gleichen Boot. Wir konnten uns immer gut austauschen über alles, was im Verlag los war, mal beim anderen im Büro einen Kaffee trinken und uns aussprechen, in Sitzungen zusammenhalten, nach der Arbeit ein Bier zusammen trinken. Wir sind in eine Affäre geschlittert und haben dann gemerkt, wie gut wir uns verstehen. Auch sonst.«

Ich schwieg. Was sollte ich sagen? Ich hatte die Veränderung ja selbst bemerkt, ohne dass ich nachgefragt und das Gespräch gesucht hätte. Und ich hatte mein eigenes Verhalten weder überdacht noch verändert.

Ich merkte, wie Traurigkeit in mir aufstieg. Als sie oben im Kopf angelangt war, fing ich an zu weinen.

»Ich bin nicht nur wegen der Kündigung hier hoch gekommen.« Leos Körper war verkrampft und seine Stimme klang gepresst. »Ich wollte auch mit dir darüber sprechen, dass Marion und ich zusammenbleiben wollen. Ich dachte, meine Entscheidung könnte auch deine Entscheidung beeinflussen, was das Haus angeht. Ob du es behalten oder verkaufen willst. Ich musste dir einfach sagen, wie es steht. Das ging nicht am Telefon. Aber ich konnte auch nicht verantworten, dass du ›für uns‹ entscheidest, wo ich doch gar nicht mehr richtig da bin. Du hast jetzt die Möglichkeit, deine Situation zu verändern – auch räumlich – oder dir durch den Verkauf des Hauses ein schönes finanzielles Polster für eine neue Zukunft zu schaffen.«

»Vielen Dank für den guten Ratschlag. Aber ein Haus in Sardinien, hast du behauptet, wolltest du mit mir kaufen!«, sagte ich heftig unter den Tränenbächen hervor.

»Die Idee ist schon ziemlich alt. Und du hast nie begeistert drauf reagiert.«

Ich schniefte und konnte nicht zugeben, dass er recht hatte. Aber er hatte recht. »Du hast mir zugeraten, das Erbe auszuschlagen!«

»Ich hatte Angst, du würdest dich mit hohen Schulden belasten. Das konnte ich doch nicht wollen mit dem, was alles im Hintergrund lief. Und Marion und ich haben erst jetzt, in den letzten Tagen, während die Kündigungen liefen, beschlossen, wirklich zusammenzubleiben. Marion will nach Berlin. Man hat ihr dort eine Stelle angeboten.« Leo lächelte schwach. »Dabei soll sie gar nicht gekündigt werden.«

Offenbar musste er sich einen Ruck geben, um weiterzusprechen. Röte stieg ihm ins Gesicht. »In Berlin gibt es verschiedene Verlage. Ich würde mitgehen, wenn sie annimmt.«

Ich saß fassungslos vor meiner Kaffeetasse.

»Du hast offenbar ja auch schnell jemand anderen gefunden«, sagte Leo, jetzt doch mit Bitterkeit in der Stimme. »Bevor du von mir und Marion wusstest.«

»Das war Malte, mein Cousin, meine Kinderliebe!«, brauste ich auf. »Er lebt mit einer Frau zusammen, und zwischen uns ist gar nichts klar!«

Wir waren jetzt beide erregt aufgestanden und sahen uns wütend ins Gesicht.

»Ich brauche Zeit«, schrie ich, »du knallst mir das vor den Latz und ich sitz jetzt da damit. Wir müssen doch erst mal gemeinsam darüber nachdenken und reden, wo wir miteinander und wo wir jeder für sich stehen! Man rennt doch nicht einfach davon.«

Leo schüttelte den Kopf.

»Ich hab mich entschieden. Und ich hab doch gerade gesehen, wie nah du dem Typ da draußen warst. Das hat man auf Kilometer gesehen. Da kannst du noch hundert Jahre über uns zwei reden.«

Ich schluchzte herzzerreißend, und das war kein bisschen gespielt. Alles brach gerade entzwei. Ich hörte das Telefon gar nicht läuten, aber Leo nahm es ab.

»Es ist dein Vater!«, rief er.

»Er soll mich am Arsch lecken«, schrie ich zurück, und die Tränen schossen mir aus den Augen.

»Das hab ich ihm jetzt nicht gesagt«, meinte Leo und legte den Arm um mich. »Ich hab gesagt, es sei grad ungünstig und du rufst ein andermal an.«

Aus alter Gewohnheit umarmte ich Leo und schmiegte mich an ihn. Er hielt mich fest.

»Ich hab dich wahnsinnig gern, Nina«, flüsterte er, »das ist es nicht.«

Da ließ ich ihn gleich wieder los, als hätte ich mich verbrannt.

»Sei bloß still.«

Ich drehte mich auf dem Absatz um und ging ins Bad. Sah mir ins verheulte Gesicht. Ich sah grauenhaft aus. Trotzdem blickte ich mir in die Augen: Wenn ich ehrlich war, musste ich zugeben, egal wie gekränkt und traurig und verzweifelt ich war, dass ich schon vorher beschlossen hatte, mit Leo über unsere Beziehung zu sprechen, die Kinderfrage wieder aufzubringen und dafür auch die Beziehung aufs Spiel zu setzen: weil ich Kinder wollte und den Wunsch einfach nicht totkriegte. Ich wusste, dass unsere Beziehung daran zerbrechen konnte, und ich wusste auch, dass ich das in Kauf genommen hätte. Also ... ein pures Opfer war ich nicht. Ich schloss geräuschvoll die Tür ab, an die Leo schon klopfte, und setzte mich auf den Klodeckel.

»Lass mich in Ruhe!«, schrie ich Leo durch die Tür zu. Und dann schüttelte und rüttelte es mich noch mal so richtig durch, und ich brauchte den ganzen Rest der Klopapierrolle, um die Sturzbäche aufzufangen. Irgendwann wurden sie zu Bächen, zu Rinnsalen und versiegten schließlich ganz. Auch vor der Tür war es still geworden, Leo hatte aufgehört, auf mich einzureden. Ich stand vom Klodeckel auf, wusch mir das Gesicht mit kaltem Wasser, bürstete die Haare aus dem Gesicht und band sie zu einem Pferdeschwanz zusammen, puderte die Nase, legte Lippenstift auf, um etwas würdevoller auszusehen, und sagte zu Leo:

»Ich fahr dich jetzt zum Bahnhof. Da fahren 'ne Menge Züge nach Hamburg. Du kriegst sicher noch einen Flug nach München heute. Ich komme irgendwann in den nächsten Tagen zurück. Solange wirst du es ja noch in unserer gemeinsamen Wohnung aushalten.«

Leo sagte nichts darauf und holte seine Reisetasche.

Ich ließ ihn am Bahnhof aussteigen und fuhr los. Er hob zögernd die Hand zu einem vorsichtigen Winken, aber ich reagierte nicht darauf.

20

Wenn die Gefühle überhandnehmen, wird man manchmal ganz sachlich, so als fühlte man gar nichts mehr. Man erledigt einfach die praktischen Aufgaben, die anstehen, als sei nicht das Geringste vorgefallen. Ich überlegte, ob ich gleich zu Niebeck fahren sollte, um nach Julia zu fragen. Der Anruf bei meinem Vater konnte warten, ihm war ich sowieso nicht grün nach der Sache mit den Briefen. Aber zu Rick wollte ich unbedingt; endlich meine Mails checken.

Als ich vor Niebecks Hof aus dem Wagen stieg, traf ich auf den Bürgermeister. Er kam aus dem Haus und war in Eile, blieb aber kurz stehen und fragte: »Hallo, Nina. Na, sind Sie mit dem Haus ein Stück weiter gekommen? Wollen Sie verkaufen oder haben Sie sich noch nicht dazu entschlossen?«

»Vielleicht wissen Sie ja schon vom Notar, dass ich nicht verkaufe«, erwiderte ich. »Er arbeitet doch für Sie.«

Niebeck tat erstaunt und eilte dann davon. Julia war nicht da, und ich bat, ihr auszurichten, sie möge doch einmal bei mir vorbeikommen, ich sei am Abend zu Hause. Es erstaunte mich, mit welcher Selbstverständlichkeit ich »zu Hause« sagte. Seltsam, ich fühlte mich richtig gut und stark dabei, als gebe mir das Haus tatsächlich den Boden unter den Füßen wieder.

Und tatsächlich, als ich wieder »zu Hause« war und die dreckigen Tassen weggeräumt hatte, die Betten gemacht, die rote Grütze gekocht und mit Fritzchen geschmust hatte, ging es mir schon um einiges besser.

»Fritzchen«, sagte ich, »wir bleiben zusammen. Das ist mal klar.« Als Nächstes malte ich ein großes Pappschild:

»Montag: Laden-Ausverkauf 10 bis 16 Uhr«

Dann ging ich zur Remise, öffnete die Läden vor der Tür, putzte die Scheiben und hängte das Schild auf. Sah richtig gut aus, fand ich. Und als ich auch noch die Fensterläden des Ladens aufstieß, die Spinnweben abfegte und einen bunten Gartenblumenstrauß in einem alten Zinkeimer vor die Ladentür stellte, sah die alte Remise mit meinem Kaufmannsladen richtig idyllisch und einladend aus. Dann füllte ich eine Portion rote Grütze in eine Glasschale, stellte sie neben mich auf den Beifahrersitz, und fuhr mit meinem Laptop zu Rick Thienemann hinüber. Gott sei Dank, er war in seinem Knusperhäuschen und freute sich, dass ich kam.

»Darf ich bei dir mal meine Mails angucken, falls du hier WLAN eingerichtet hast?«, fiel ich mit der Tür ins Haus, um Rick nicht aus heiterem Himmel mit den anderen Vorkommnissen zu belästigen.

»Klar, lass dich irgendwo nieder. Du hast Glück, dass du mich antriffst. Ich fahre noch schnell einkaufen in den Supermarkt. Blöd, dass man immer mit dem Auto dahin muss. Brauchst du auch noch was? Morgen ist zu. Und für den Markt in Niedersanden ist es jetzt zu spät, die haben schon zusammengeräumt.«

Ich wusste nicht, ob ich was brauchte, darüber hatte ich mir nun gar keine Gedanken gemacht, so wie es in mir aussah.

»Weiß gar nicht«, murmelte ich, während ich mich mit Ricks Passwort einloggte. »Bring mir einfach ein bisschen Heringssalat mit, den kann ich immer essen. Und vielleicht ein Brot.«

Das Herunterladen der Mails nahm gar kein Ende. Es ratterte und ratterte. Das meiste war Spam, aber es blieben genug Nachrichten übrig, um mich nervös zu machen. Was war denn alles in den paar Tagen passiert, was ich wissen musste? So viel Weltbewegendes konnte sich doch gar nicht ereignet haben! Und die roten Ausrufungszeichen, die Dringlichkeit markierten! Alles halb so wild, befand ich. Immer diese Stürme im Wasserglas. Einiges hatte sich schon von selbst erledigt, aber da war auch eine Mail von meinem Vater.

»Hallo, Nina, wo steckst du eigentlich? Ich höre gar nichts mehr von Dir! Leo hat mir gesagt, als ich in München anrief, Du seist in Nordhült. Du hättest das Haus von Rike geerbt. Ich habe erst durch Leo erfahren, dass Rike gestorben ist. Ich hab ja keinen Kontakt mit dem zweiten Mann Deiner Mutter, schon gar nicht, seit Charlotte gestorben ist. Warum hast Du mir denn gar nichts erzählt, um Himmels willen? Und auch von da oben nicht angerufen? Soll ich kommen? Ich war seit Ewigkeiten nicht mehr in Nordhült. Und Zeit habe ich. Melde Dich! Papa.«

Das hatte mir gerade noch gefehlt, dass mein Vater hier auftauchte.

»Hallo, Papa«, antwortete ich. »Ich melde mich irgendwann. Ehrlich gesagt bin ich nicht besonders gut auf Dich zu sprechen. Ich habe hier Briefe gefunden. Von Dir an Rike. Ich hab darin gelesen, weil ich im Haus Klarschiff machen und so etliches erledigen muss, was anfällt, wenn jemand stirbt. Einiges begreife ich jetzt besser. Aber begeistert bin ich von den neuen Erkenntnissen nicht. Wenn Du unbedingt kommen willst – auf Deine Verantwortung. Eine rundherum liebende Tochter erwartet Dich hier im Moment nicht. Gruß, Nina.«

Ich beantwortete noch ein paar geschäftliche Anfragen, und dann stand Rick wieder da, die Arme voller Tüten, und sagte: »Ich hab Blechkuchen gekauft. Mit ganz viel Mandeln und Zucker. Hast du Lust?«

»Ja«, sagte ich aus ganzem Herzen. »Brauch ich. Definitiv.«

Ich fühlte mich unglaublich wohl bei Rick. Fast wie zu Hause. Und da brach es aus mir raus und ich schüttete alles auf den Tisch, was passiert war und mich umtrieb. Rick hörte zu. Ich hätte ihn küssen mögen dafür, dass er keine Kommentare abgab. Nur zuhörte, ohne gleich eine Lösung parat zu haben und mir zu erzählen, wie es ihm vor dreißig Jahren in einer ähnlichen Situation gegangen war. Er saß da, nachdenklich, manchmal nickte er und ich wünschte mir heiß, er wäre mein Vater. Na ja, nur einen Augenblick. Als ich fertig war, schwieg er eine Weile. Dann sagte er:

»Wann immer du mich hier oben brauchst, kannst du auf mich zählen. Ich kann deine Probleme nicht lösen, aber wenn du was brauchst, wobei ich helfen kann, sag es mir.«

»Könnte sein, dass ich dich brauche«, sagte ich, küsste ihn auf die Wange, nahm meinen Laptop, das Brot und den Heringssalat und fuhr nach Hause.

Es geht doch nichts über Freunde. Und über Menschen, die gut zuhören können.

Vor der Haustür stand Julia.

»Hej«, sagte ich, »tut mir leid, dass du vor verschlossener Tür stehst. Ich hab Wiebke Niebeck gesagt, ich sei erst am Abend wieder da. Komm rein!«

»Sie brauchen mich heute Abend. Leute von der Jagdgesellschaft kommen zum Abendessen. Ich muss servieren. Man will dem Herrn Baron vom Schloss zeigen, dass man was vom feinen Leben versteht.«

Oh je, dachte ich, *Julia hat die Nase voll.*

Julias Geschichte war schnell erzählt. Sie hatte auf Drängen ihrer Eltern eine kaufmännische Lehre gemacht, aber immer davon geträumt, etwas mit Pferden zu tun zu haben. Als sie die Praktikantenstelle bei Niebeck fand und ihren Eltern ihren Entschluss mitteilte, ihr Glück auf dem Reiterhof in Nordhült zu suchen, kam es zum Bruch. Die Eltern waren vehement gegen diese Eskapade. Sie hatten Angst, die ganze teure Ausbildung könnte nun für die Katz sein oder Julia würde vielleicht nur mit Schwierigkeiten wieder im erlernten Beruf Fuß fassen, wenn zu viel Zeit zwischen Ausbildungsabschluss und einer Stellensuche im kaufmännischen Bereich lag. Julia hingegen hatte gefunden, sie sei schließlich volljährig und müsse selbst wissen, was sie wollte. Und jetzt behielten die Eltern sozusagen recht. Nicht, weil die Arbeit im Stall ihr nicht gefiel, aber weil sie sich ausgenutzt fühlte und mehr in Haus und Haushalt als mit den Tieren zu tun hatte.

»Ich will da weg«, sagte sie, »aber nicht zurück zu meinen Eltern. Auf keinen Fall! Und nicht zurück nach Hamburg, wo sie wohnen. Jedenfalls nicht gleich.«

Das klang wild entschlossen.

»Stine vom *Dorfkrug* hat mir gesagt, sie könnte mich beschäftigen, aber nicht ganztags. Und ich kann natürlich nicht bei Niebecks wohnen bleiben, ich hab ja nur Kost und Logis wegen der Praktikantenstelle. Erstens will ich das nicht, und zweitens würden sie sich das Zimmer teuer bezahlen lassen, das ist sicher.«

Sie sah mich offenherzig an.

»Stine meinte, vielleicht könntest du ja den Laden behalten und ich könnte dir helfen und du mir ...«

Stine, Stine!, dachte ich bei mir. *Du hast es faustdick hinter den Ohren.*

»Stine denkt die Geschichte nicht ganz zu Ende. Der Laden wirft nichts ab, ich kann dich nicht anstellen, ich hab kein Geld und würde auch keines verdienen mit dem Laden. Wovon sollte ich dich bezahlen?«

Julias hoffnungsvolles Leuchten im Gesicht erlosch.

»Schau nicht so enttäuscht. Ich bin Grafikerin. Das ist ein schöner Beruf, ein wunderbarer Beruf, aber reich wird man damit nicht. Lass mich in Ruhe drüber nachdenken, ja?«

Ich hatte eine Idee, aber sie war zu unausgegoren, um sie schon auszusprechen. Und das Letzte, was ich wollte, war, falsche Hoffnungen zu wecken.

»Jetzt schauen wir mal, was am Montag läuft. Wenn sich niemand blicken lässt zum Ausverkauf und ich die Sachen im Kofferraum zu den verschiedenen Hilfsorganisationen bringen muss, wissen wir, dass der Laden wirklich keine Zukunft hat.«

21

Ich stocherte in dem Heringssalat, den Rick mir eingekauft hatte, aber so richtig Hunger hatte ich nicht. Wenn der Schock einer unerwarteten Entwicklung langsam nachlässt, fängt unweigerlich das Grübeln an. Und das war bei mir jetzt der Fall. Alles war im Eimer! Meine Beziehung mit Leo Knall auf Fall beendet, meine Zukunft in München ungewiss, unsere gemeinsame Wohnung allein nicht zu halten, Malte in die Flucht geschlagen, auch wenn ich nichts dafür konnte, dass Leo so plötzlich aufgetaucht war. Ich hatte alles verloren. Und nur eins gewonnen: Tante Rikes Haus. Aber das Haus war ein Schatz, den ich irgendwie nicht richtig heben konnte, ein Schatz, der quer in meinem Leben und meiner Seelenlandschaft lag.

Plötzlich verließ mich der Mut. Die Energie, die nach der Nacht mit Malte geradezu in mir getobt hatte, war zu einem armseligen Häufchen Asche geworden.

Und jetzt?

Auf einmal erinnerte ich mich daran, was Tante Rike mal zu mir gesagt hatte, als ich eines Tages verzagt zu jedem ihrer Vorschläge den Kopf geschüttelt hatte, weil die Welt mir kalt und schwarz und böse vorgekommen war. »Hol den Papier-Drachen aus dem Schuppen«, hatte sie gesagt. »Es weht ein schöner Wind. Wir fahren ans Meer. Und da wirst du sehen, dass der Drachen vom Wind zu Boden gedrückt wird. Aber gleich darauf wird er auch wieder an seiner Leine zerren und ungeduldig aufsteigen, hoch, ganz hoch hinauf in die Luft, und du wirst ihm nachrennen, bis du außer Puste bist und rote Backen hast und wieder lachst.«

Der schöne alte Papier-Drachen war nicht mehr im Schuppen und es windete auch nicht besonders, aber zum Meer konnte ich trotzdem fahren! Vielleicht hatte Emily ja Lust mitzukommen? Ich fuhr mit dem Wagen an dem Hof vorbei, der Onkel Kurt und Tante Mara gehören musste – es stand eine große Tafel *Hier Bio-Produkte erhältlich* an der Einfahrt. Und so war es auch. Ich machte Bekanntschaft mit Mara, und eine begeisterte Emily fuhr mit mir ans Meer.

Emily war unterhaltsamer als jedes Radio, es war einfach unmöglich, eigenen Sorgen nachzuhängen, während sie neben einem saß und fröhlich aus ihrem langen, ereignisreichen Leben erzählte.

Wir hatten die Badesachen dabei, aber die ein, zwei Wolken, die es dummerweise an dem sonst so strahlend blauen Himmel gab, schoben sich immer wieder so penetrant vor die Sonne, dass sie den Strand in Schatten tauchten, obwohl der Himmel sommerlicher nicht hätte sein können.

Also beschlossen wir, eine Sandburg zu bauen. Ich hatte ewig nicht im Sand gebuddelt und grub und grub, versonnen und versunken, bis Emily »Halt!« rief.

»Grab nicht so tief«, sagte sie, »wir wollen doch keinen Keller machen, sondern eine Burg!«

Da hatte sie recht. Der Sand war feucht und schwer am Grunde meines Grablochs und saß schon unter allen meinen Fingernägeln.

»Ich geh jetzt doch ins Wasser«, sagte ich, »und du?«

Emily schüttelte den Kopf.

»Ich kann doch jetzt nicht mittendrin von der Burg weg.«

Aber ich, ich musste auf einmal ins Wasser und im Wasser an Maltes meeresumspülte Küsse denken und schwimmen und bibbern und den Entschluss fassen, ihn anzurufen. Hatte er nicht gesagt »Ich muss mit dir sprechen«, bevor Leos Anblick ihn vertrieben hatte? Ich musste auch mit ihm sprechen. Dringend. Ehe sich Missverständnis auf Missverständnis häufte. Es war blöd, Vermutungen anzustellen, und meiner nicht würdig, auszuweichen und mich vor der Wahrheit zu drücken. Wenn er Leo als willkommenen Anlass genommen hatte, sich dezent aus dem Staub zu machen, ohne aussprechen zu müssen, dass er zu Annika gehörte und das, was zwischen uns war, nicht hätte sein dürfen und so weiter und so fort, dann sollte er mir ebendies jetzt noch einmal ins Gesicht sagen.

Zitternd vor Kälte stieg ich aus den Wellen, schaumgeboren ist anders, aber immerhin hatte ich einen Entschluss gefasst. Ich rubbelte mich trocken und widmete mich Emilys Burg. Wir verzierten sie mit Muscheln, schrieben in schnörkeliger Schönschrift »Emily« in den Sand und machten ein schönes Foto von Kind und Werk, das wir sofort in alle Welt schickten, bis nach Hamburg zu Emilys Mutter jedenfalls.

22

Ich schlief schlecht und hatte Albträume. Morgen war Montag, und ich war tatsächlich nervös, was der Tag bringen würde. Zum einen wollte ich Malte anrufen, der seit seinem superschnellen Abgang keine Nachricht hinterlassen hatte. Außerdem sollte der Laden-Ausverkauf stattfinden.

Stine hatte am Eingang zum *Dorfkrug* einen Anschlag gemacht, und nun musste man schauen, was die Nordhülter von Rike und ihrem Laden hielten.

Ich lag im Bett und beschäftigte mich mit einem Problem, das ich schon immer hatte: Ich kann nicht gut kopfrechnen. Ich kann nicht nur nicht kopfrechnen, ich kann überhaupt nicht gut rechnen, auf keine Weise, ob schriftlich oder im Kopf. Wie aber sollte ich, falls Andrang herrschte, mit der Kasse fertig werden? Weder wusste ich die Preise auswendig, noch traute ich mir zu, auf hingereichte Zwanzig-Euro-Scheine in Windeseile das Wechselgeld herauszugeben. Und es war, wie das in der Nacht so ist: Wenn der wachliegende Mensch erst mal anfängt zu grübeln, werden

Mücken zu Elefanten, ehe man sich auch nur zweimal hin- und hergewälzt hat.

Ich stand auf und legte mich wieder hin, kochte zweimal Kräutertee und machte kalte Armbäder, aber erst nachdem ich eine Flasche Bier getrunken hatte, fiel ich in tiefen Schlaf. In meinen Träumen aber rechnete Malte mir vor, dass 1 + 1 = 2 sind und nicht 3. Am frühen Morgen wurde ich wach und fühlte mich ziemlich gerädert. Immerhin hatte ich schlagartig wenigstens für mein Ladenproblem die Lösung. Ich würde die Dinge, die noch im Laden waren, verschenken und einen Korb am Eingang aufstellen, wo jeder für das, was er nahm, spenden konnte, was er wollte. Das ersparte mir viel Aufregung und erhöhte meine Schulden wahrscheinlich nur unwesentlich. Aber wer weiß, vielleicht kam ja außer Gesche und Stine gar niemand …

Schon um neun war ich im Laden, lüftete, stellte die Blumen auf die Ladentheke und wartete. Gegen zehn tröpfelten die ersten Nordhülter herein, die meisten Frauen, aber auch ein paar Männer wollten sich das Schauspiel nicht entgehen lassen. Ich begrüßte Menschen, die ich noch ansatzweise kannte, und die, an die ich gar keine Erinnerung hatte, und erklärte das Prinzip, wie ich den Ausverkauf durchführen wollte. Bald standen so viele Menschen im Laden, dass ich nur noch Hände schütteln und ein paar Floskeln anbringen konnte. Der Lärmpegel war beträchtlich, und während die einen in die Regale griffen und ihre Körbe füllten, verwickelten mich andere ins Gespräch – über Rike, über mich, über den Laden und über Nordhült. Und natürlich über die Vergangenheit und wie es früher war. Nämlich besser.

Gesche, Stine (der *Dorfkrug* machte erst um zwölf auf) und Julia machten sich nützlich und achteten darauf, dass niemand mit voller Einkaufstasche ging, ohne einen Obolus in den Korb beim Ausgang gelegt zu haben. Und dann hielt Stine unaufgefordert und unerwartet allen Anwesenden einen Vortrag über die Vorteile, einen Dorfladen zu besitzen, lobte Rike für ihre Anstrengungen, den Laden zu halten, und forderte dazu auf, eine Spende zu machen, um den Fortgang des Geschäfts zu ermöglichen (sie wusste, dass ich ein paar Schulden übernommen hatte). Es gab ein großes Ah und Oh und lebhafte Diskussionen, von Stine befeuert, die darauf hinwies, wie viele Dorfbewohnerinnen sich bereit erklärt hatten, stundenweise im Laden zu helfen. Die einen boten eine Stunde pro Woche an, manche der älteren Frauen, die nicht mehr so hart auf dem Hof arbeiten mussten wie die jüngeren oder sich zur Ruhe gesetzt hatten, waren bereit, einen halben Tag pro Woche zur Verfügung zu stehen. Und alle wollten auf Bezahlung verzichten. Ich stand mit offenem Mund daneben.

Was eine rechte Dorfgemeinschaft ist, die regelt sich im Idealfall so: Alle sind betroffen, alle haben eine Meinung, und manchmal reicht es sogar zum tatkräftigen Handeln. Mir kam in den Sinn, was der Bestatter Schnack mir über die Totenbeliebung erzählt hatte. Und ich kam mir vor, als sei ich tatsächlich in ein Zeitalter zurückversetzt, wo die Leute noch Anteil an dem Gemeinwesen nahmen, dem sie angehörten, und anonymes Für-sich-Sein verpönt war. Ich dachte an das Haus, in dem Leo und ich wohnten. Jesus und Maria, da war es doch kaum möglich, mal alle Mieter an einen Tisch zu kriegen, um die Organisation der Treppenhausreinigung zu besprechen. Und hier nahmen mir die Nordhülter Frauen sozusagen das Heft aus der Hand und machten die ersten Nägel mit Köpfen, ehe ich mir überhaupt im Klaren war, ob ich in der Remise nicht lieber Setzlinge für den Garten ziehen oder sie (warum nicht an einen Jung-Architekten zum Beispiel?) vermieten wollte. Stines Schwägerin Katharina, die Frau des Bauern Wilhelm Hansen, war skeptisch, aber Mara schlug vor, selbst gemachte Produkte anzubieten. Das seien bei den Touristen beliebte Mitbringsel aus dem Urlaub, meinte sie.

Mir wurde ganz schwindlig, und ich war froh, als die Menge sich verlief und ich mit Gesche erst mal einen Kaffee trinken und ein Butterbrot essen konnte. Kaum zu glauben, aber bis auf wenige Reste waren die Regale und der kleine Lagerraum leergefegt. Selbst der Pfarrer hatte kurz hereingeschaut, wenn er auch leidend wirkte (seine Frau war also noch nicht wieder da!). Er legte einen ordentlichen Schein in das Körbchen, obwohl er nur mit einer Spülbürste und einem Toilettenreiniger abzog. Den Segen der Kirche hatte ich somit. Niebeck nickte huldvoll zu dem Treiben, auch wenn er sich über die plötzlich erblühende Basisdemokratie seiner Mitbürger wahrscheinlich eher ärgerte. Rick schaute vorbei und zwinkerte mir zu. Er unterhielt sich, wie ich aus den Augenwinkeln sah, gut mit dem rotwangigen Bestatter Schnack und verschwand schließlich mit einigen Gewürzdöschen und einem zugeworfenen Handkuss.

Zu meinem Erstaunen waren mehrere hundert Euro zusammengekommen. Das war wirklich eine Überraschung. Gesche war stolz auf ihre Nordhülter, und ich dankte ihr ausgiebig für die Unterstützung.

»Nu muss der Laden aber auch aufbleiben«, sagte sie kategorisch, »egal, wie du das auf die Reihe kriegst. Das wirst du doch wohl schaffen, so jung wie du bist.«

Ich verdrehte die Augen.

»Ich bin recht fleißig in meinem Beruf«, gab ich zurück. »Aber er schließt nicht unbedingt den Verkauf von Heftpflaster und Butterfett ein. Jetzt lass mich erst mal machen.«

»Ihr seid schon verzagte junge Leute heutzutage«, sagte Gesche und schüttelte den Kopf. »Damit wären wir früher nirgends hingekommen. In der Nachkriegszeit schon gar nich!«

Als Gesche gegangen war, knallte ich mich neben Fritzchen aufs Bett und schlief sofort ein, mitten am Tag. Die letzte Nacht wirkte nach. Und die dramatischen Ereignisse der letzten Tage auch. Die wahrscheinlich vor allem. Die Augen fielen mir zu, ehe ich noch einen Gedanken an Leo oder Malte oder die Liebe und ihre verschlungenen Wege verlieren konnte.

23

Ich wachte auf vom Wind. Er rüttelte an den Bäumen, die Blätter raschelten und seufzten und um das Haus keuchte es, als pfiffe der Wind auf dem letzten Loch. Ich hob den Kopf und sah aus meinem Fensterchen – es war fast dunkel, obwohl es noch nicht Abend sein konnte. Das waren die düsteren, tiefhängenden Wolken, die sich über den Himmel schoben. Der Wind riss sie in Fetzen und verzog sie zu grimmig dreinschauenden Fratzen. Schon hörte ich das ferne Rumpeln des Donners, aber der Abstand zu den Blitzen, die in der Ferne geisterhaft über den Himmel huschten, war noch groß. Das würde einen gewaltigen Regen geben!

Ich sah auf die Uhr. Es war fünf, ich hatte mindestens zwei Stunden geschlafen. Ich sprang auf, um überall die Fenster zu schließen, und klappte den oberen Teil der Haustür zu. Draußen riss der Wind an meiner Rosenhecke, zarte rosafarbene Blütenblätter wirbelten durch die Luft, und an den Rosenstöcken waren einige der am vollsten erblühten, schweren

Rosenköpfe abgeknickt. Ich saß an meinem schweren Eichentisch und sah aus dem Fenster. Wie biegsam die Bäume und Äste doch im Sturm waren! Sie leisteten keinen starren Widerstand, sondern wiegten sich nach Möglichkeit mit. Es wäre lächerlich, sich den Stürmen des Lebens entgegenzustellen und zu meinen, man käme mit Trotz gegen die Geschehnisse an. Man braucht alle Kraft, um in den Wirbeln der Strömung den Kopf oben zu behalten, konzentriert und achtsam, wo sich vielleicht Fuß fassen lässt, um das eigene Leben bald wieder aus eigenen Kräften gestalten zu können, statt von äußeren Ereignissen hin und her geschleudert zu werden.

Plötzlich fühlte ich so etwas wie Einverständnis mit meinem Leben. Hier oben gefiel es mir, ich war selbst überrascht, wie deutlich ich das spürte. Es war, als ob die weite, offene Landschaft mir in den Genen läge, meine Mutter, meine Großmutter mir ihre Liebe zum flachen Land vererbt hätten. Ich hatte mich an die Berge im Süden gewöhnt, aber ich war nie begeistert von ihnen gewesen oder doch nur hie und da, und wenn, dann vor allem dort, wo ich oben stand und einen weiten Ausblick hatte. Warum eigentlich sollte ich mich nicht hier niederlassen, wenigstens versuchsweise? Leo war entschlossen, sich mit Marion zusammenzutun, und eigentlich, so merkte ich, wollte ich gar nicht um ihn kämpfen. Wir waren ohne große Überzeugung zusammengezogen, wir hatten beide Vorbehalte gehabt, die, wie man jetzt sah, nicht ganz unbegründet gewesen waren. Vielleicht passte Marion wirklich besser zu ihm, und auch, wenn er sie nur mehr liebte als mich, war das Grund genug. Ich war traurig, dass es so gekommen war, das schon, aber nicht verzweifelt. Tatsache war, Leo würde aus München weggehen, und allein konnte ich die große Wohnung nicht halten. Ich musste mir auf jeden Fall eine neue Bleibe suchen. *Schwimm mit dem Strom, Nina, und schau an, in welche neuen Gegenden er dich trägt!*

Hier in Tante Rikes, nein, in meinem Haus konnte ich günstig leben, und ich konnte sogar von hier aus arbeiten. Mein Beruf war ein Segen in dieser Hinsicht. Ich war selbstständig und arbeitete seit eh und je zu Hause. Wen kümmerte es, wo dieses Zuhause war, wenn ich bereit war, zu den entscheidenden Terminen anzureisen? Ich dachte an die zwei Anfragen, die ich in der Mailbox vorgefunden hatte. Es waren interessante Aufträge, der eine kam aus Hamburg, der andere von einem Frankfurter Verlag. Wenn sich mit Leo nichts verändert hätte, und auch nichts bei mir, hätte ich beide wohl abgelehnt. So aber eröffneten sich neue Möglichkeiten, nicht nur für Leo, auch für mich. Und ich würde sie ergreifen. Das wusste ich jetzt.

Weil Leo viel besser verdiente als ich, gehörte der größte Teil unserer Möbel und das Auto ihm. Aber ich hatte ja jetzt ein Auto. Die Rostlaube würde es wohl nicht mehr lange machen, aber für den Anfang verschaffte die alte Kiste mir die notwendige Beweglichkeit. Und Rick war auch noch da. Er würde mir notfalls sicher mal sein Auto leihen. Überhaupt hatte ich in den wenigen Tagen, die ich jetzt hier war, schon mehr Kontakte geknüpft als in München in meinem ganzen ersten Jahr. Nicht aus all diesen Kontakten würden Freundschaften erwachsen, aber wie viele echte Freunde hat man schon? Die lassen sich immer an einer Hand abzählen. Rick würde einer davon werden, das wusste ich. Und das war für den Anfang genug.

Erst als ich so weit mit meinen Gedanken gekommen war, erlaubte ich mir, an Malte zu denken. Ich wollte meine Entscheidung nicht auf eine vage Hoffnung abstellen. Meine Entscheidung, nach Nordhült zu ziehen, wenigstens für eine Weile, musste ich treffen, ohne Malte in meine Überlegungen einzubeziehen. Aber kaum war ich zu der Erkenntnis gekommen, dass der skizzierte Weg gangbar und sinnvoll war, drängte sich die Sehnsucht wieder nach vorn. »Dumme, törichte, kindliche Sehnsucht«, versuchte ich mich auszuschimpfen. Aber bei diesen Worten sah mich Fritzchen der Kater nur mit rätselhaften Augen an.

Na gut, ich würde Malte anrufen, im Institut. Ich holte das Handy, und als ich es aufklappte, sah ich, dass ich eine neue Nachricht hatte. Sie war – von meinem Vater.

»Da du mir nicht verboten hast zu kommen, bin ich auf dem Weg. Bin in ca. drei Stunden da. Papa.«

Die Message war … drei Stunden alt. *Shit!* Das hieß, mein Vater war unumkehrbar im Anmarsch. Ich seufzte aus tiefstem Herzensgrund.

Im Institut für Meereskunde meldete sich nur der Anrufbeantworter. Auf Maltes Handy säuselte die Stimme: »Bitte rufen Sie später an.« Nicht mal eine Nachricht konnte man hinterlassen. Sollte ich nun bei ihm zu Hause anrufen? Annika mein Sprüchlein aufsagen? *Never!* So weit war ich denn doch noch nicht. Entnervt klappte ich das Handy zu.

Der Regen, der mit aller Kraft eingesetzt hatte, machte ein solches Getöse, dass ich das Klopfen an der Haustür überhörte. Ich hatte ein Feuer angemacht und den Korbsessel, der sicher schon Tante Rikes Lieblingssessel gewesen war, nahe an den Ofen gezogen. Erst als der Besucher am Fenster klopfte und rief, bemerkte ich ihn und öffnete die Tür. Im strömenden Regen stand mein Vater.

»Komm rein«, sagte ich, mäßig beglückt, »ich hab dich nicht gehört und deine SMS auch gerade erst gesehen.«

»Hallo, Ninaschatz!«

Papa zog das Jackett aus, das wie ein Lappen an ihm hing, und ich reichte ihm schweigend das Küchentuch, mit dem er sich die Haare rubbelte.

»Ich weiß, dass du nicht begeistert bist, mich zu sehen. Ich habe deine Mail gelesen und gehört, was du gerufen hast, als ich Leo dran hatte. Ich hab keine Ahnung, was du plötzlich hast. Wirklich keine Ahnung. Das Ganze ist mir schleierhaft. Briefe von mir an Tante Rike. Was soll das heißen? Darum bin ich hergekommen. Am Telefon hättest du mich doch nur abgewimmelt.«

Ich nickte.

»Ja, ich hätte dich abgewimmelt. Hab gerade noch andere Sorgen. Willst du ein Bier? Wein? Hast du Hunger?«

»Ja, alles. Ich bin bei dem blöden Wetter so schlecht vorwärtsgekommen. Ich wollte ja nicht mitten in der Nacht auftauchen. Deshalb hab ich keine Pause gemacht. Ja, ich hab Hunger und Durst.« Er lächelte.

»Nett, dass du deinem Papa was zum Essen anbietest.«

Charmant war er, da gab es nichts. Ich öffnete den Kühlschrank. »Ich hab Rollmops, sauren Hering in Gelee, Matjes (schon etwas angegraut), Heringshäppchen.«

Mein Vater sah mich an, als ob ich nicht ganz richtig im Kopf wäre.

»Alles nur Hering?«, fragte er.

»Ja. Ess ich nun mal gern.«

»Dann passt Bier besser.«

»Okay.«

Ich war immer noch nicht besonders gesprächsbereit. Konnte er ja auch nicht erwarten, wenn er plötzlich aus dem Nebel hier auftauchte.

»Hättest du vielleicht auch einen kleinen Klaren da? Ich fürchte, ich kriege eine Erkältung.«

»Da solltest du lieber heißen Tee mit Zitrone trinken. Aber … na ja. Hab ich.«

Ich goss mir auch einen ein. Vielleicht lockerte der Wacholder ja die Stimmung. Ich bin mir sicher, dass es genau das war, was mein Vater sich davon erhoffte. Da saßen wir, und es stimmte schon: Es war an mir, mich zu erklären. Er konnte ja wirklich keine Ahnung haben, was ich plötzlich gegen ihn hatte. Es fiel mir schwer, den Anfang zu finden. Darum ging ich in Rikes, nein, mein Zimmer, holte die Schachtel mit den

Briefen und stellte sie vielsagend auf den Tisch. Mein Vater hatte immer noch keinen Schimmer, worum es ging. Bis ich ihm seinen Brief unter die Nase hielt. Er sah das zerknitterte und wieder glattgestrichene Papier. Räusperte sich. Wurde tatsächlich rot.

»Mein Gott! Das ist lange her!«, sagte er dann mit belegter Stimme.

»Für mich eine Neuigkeit«, erwiderte ich. »Jetzt weiß ich auch, warum du Mama geheiratet hast. Zu blöd, dass ich unterwegs war! Hat dir das schöne Tändeln und Pendeln zwischen zwei Frauen verdorben.«

»Unsinn!«, sagte mein Vater ärgerlich.

»Und Rike hast du auf billigste Weise abgespeist, nicht? Ich hab mich geschämt für dich. Für deine Feigheit. Ich tu es noch!«

»Hast du die Geschichte erlebt oder ich? Jetzt mäßige dich mal ein bisschen, okay? Hast du alle Briefe gelesen?«

»Nein«, warf ich hin. »Warum? Der letzte Brief sagt alles. Mehr wollte ich davon gar nicht wissen. Ich hab die Nase nicht freiwillig da hineingesteckt.«

Ich zerrte mit meinem Messer den zähen Rollmops entzwei und steckte die Hälfte in den Mund.

»Das hättest du aber tun sollen.«

Mein Vater schob seinen Teller von sich. Sein Gesicht war rot. »Eltern sind auch nur Menschen. Sie haben ihre eigenen Geschichten und ihr eigenes Leben. Und ihre Kinder sollten sich besser nicht zum Richter darüber aufschwingen, denn sie haben von ihren Eltern wenig Ahnung, auch wenn sie meinen, sie besser zu kennen als sonst was. Du kennst mich als Vater. Und wahrscheinlich kennst du mich, was diese Rolle betrifft, wirklich gut. Aber ich bin nicht nur ein Vater. Ja, du hast recht, es klingt, als ob ich Rike nur schnellstens hätte los und weit weg haben wollen. Der Brief ist keine Meisterleistung, das gebe ich zu. Aber Rike hat sich so wenig für mich entscheiden können wie ich mich für sie. Sie wollte immer nach Indien, auch als wir auf dem Höhepunkt unserer Verliebtheit waren. Und sie wusste, für mich war das nichts. All die Ashram-Geschichten. Wirklich nicht. Ich wollte immer Kinder, sie konnte keine bekommen. Ich hätte mich womöglich damit abgefunden, aber als deine Mutter schwanger wurde, gab das für mich wirklich den Ausschlag. Ich freute mich riesig. Ich wusste, ich wollte mit Charlotte und mit dem Kind – mit dir – zusammen sein. Ich bin sehr gern Vater geworden.«

Ich schwieg. Immerhin hatte er sich doch auf mich gefreut.

»Und warum hast du mit zweien gleichzeitig rumgemacht?« Ich sah ihn immer noch böse an.

Er senkte die Augen und es sah aus, als studiere er mit Hingabe die Maserung des Holztisches. Er fuhr die Linien sogar mit dem Fingernagel nach. Dann sah er auf und mir direkt ins Gesicht.

»Es war einfach, wie es war. Ich hatte Lust auf beide, und ich mochte beide. Dummerweise verliebten sich beide auch in mich. Wir waren jung. Wir traten nicht an mit dem ernsten Vorsatz, die Frau oder den Mann fürs Leben zu finden. Wir probierten uns selbst, das Leben und das andere Geschlecht aus. Mehr gibt es dazu nicht zu sagen. Ich bin kein strahlender Held. Habe ich aber auch nie behauptet, oder?« Er grinste mich versöhnlich an.

Ich war mit meiner Inquisition noch nicht am Ende. Aber meine Wut bröckelte. Eltern sind auch nur Menschen. Schwer einzusehen, ist aber wohl so.

»Und warum wusste Rike von Mama, sie aber nicht von Rike?«

Ich klang immer noch sehr kategorisch, aber eigentlich meinte ich es schon nicht mehr ganz so anklagend. Eigentlich hatte mich ja niemand beauftragt, den Staatsanwalt zu spielen, was das Leben meines Vaters anging.

»Ich war eben feige.«

Mein Vater sah zum ersten Mal, seit wir uns hier beharkten, verlegen aus.

»Deine Mutter war ziemlich verliebt in mich. Ich war zögerlicher. Sie hat mich sehr aktiv umworben, ich ließ mich ›halb ziehen, halb sank ich hin‹. Als ich Rike kennenlernte – sie kam mal ihre Schwester besuchen – , war es anders. Ich verliebte mich in sie, sehr schnell und heftig. Aber inzwischen war auch was zwischen deiner Mutter und mir entstanden, ich wollte sie nicht einfach so verlieren. Und das andere nicht lassen.« Er zog eine Stirnfalte. »Kein edler Zug, ich weiß.«

»Nicht edel und ziemlich feige. Hast du dich manchmal gefragt, ob es besser gewesen wäre, mit Rike zusammenzubleiben?«

Diese Frage trieb mich um, seit ich den Brief gelesen hatte.

Mein Vater lächelte vage und pickte mit der Gabel in den Heringshäppchen herum.

»Nun nimm schon eins!«, lachte ich, und da lachte er auch und steckte eine Gabel voll in den Mund.

»Schließlich ist es mit Mama und dir nicht gut gegangen«, fasste ich nach. »Nachdem die Geschichte Jahre später rauskam, seid ihr nicht mehr lange zusammen gewesen. Wegen dem Brief und was da drinstand?«

Er sah mich überrascht an.

»Nein. Das war zwar schrecklich, wirklich schlimm, und Mama wollte nichts mehr von Rike wissen, obwohl ich das völlig bescheuert fand. Wenn schon, war ich doch der Schuldige. Aber es war nur der Tropfen, der das Fass zum Überlaufen brachte. Rike und deine Mutter waren sehr unterschiedlich. Rike war so lebenslustig, so stark, so sinnlich dem Leben zugetan. Deine Mutter beneidete sie, und mit mir war sie nicht glücklich geworden. Der Brief brachte den Stein ins Rollen. Sie wollte sich von allem trennen, von Rike, von mir und von vielem, was ihr an ihr selbst nicht gefiel. Ich glaube, sie war recht glücklich mit deinem Stiefvater, solange es ihr vergönnt war.«

Ich sah meinem Vater ins Gesicht. Er saß jetzt sehr ruhig da und blickte mich offen und zärtlich an. Ich musste einfach aufstehen und ihn umarmen. Ohne Worte. Er hatte zum Schluss, so ging es mir durch den Kopf, weder meine Mutter noch Rike gehabt, die mit Rick glücklich geworden war. Aber er hatte mich. Und das war gut so. Na, sagte ich mir, und wer weiß – vielleicht hat er eine Freundin. Wenn er es mir erzählen wollte, würde er es tun.

Ich weiß nicht, ob ich meinem Vater schon mal so heftig hinterhergewunken habe wie dieses Mal. Ich war so glücklich, ihn zu haben. Man konnte so gut mit ihm reden. Das nächste Mal, wenn er kam, würde ich ihn mit Rick bekanntmachen, dann, wenn ich hier wohnte und mein Vater für ein paar Tage zu Besuch käme. Er wollte nämlich zusehen, wie Onkel Jens mit seinen Leuten das Reetdach reparierte. Die Reparatur wollte er bei Jens in Auftrag geben, und es fiel mir leicht, dieses Geschenk von Papa anzunehmen. Ich stimmte sogar zu, als mein Vater mich darum bat, die Schulden, die Rike noch hatte, übernehmen zu dürfen. Es hat ja schließlich jeder mal was gutzumachen. Man soll die Leute nicht daran hindern, wenn sie schon die Regung verspüren.

24

Bevor ich selbst meine Reisetasche packte, um nach München, das mir seltsam fremd geworden war, zurückzukehren, hatte ich noch eine ganze Menge zu erledigen. Klar, ich musste mich bei allen verabschieden. Ich machte die große Runde, offiziell und inoffiziell. Ich kündigte Niebeck an, dass ich nach Nordhült in Tante Rikes Haus ziehen würde, sehr bald, vermutlich gegen Ende des Sommers. Ich dankte Stine für ihr Engagement und legte ihr Julia ans Herz. Und wir heckten gemeinsam noch etwas aus.

Für Gesche machte ich einen Großeinkauf im Supermarkt und legte noch ein paar schöne farbige Wollknäuel dazu, denn wenn sie selbst auch immer Schwarz trug, wusste ich doch, dass sie gern strickte. Vielleicht würde sie für Emily einen schönen Pulli daraus machen, oder, wer weiß, vielleicht auch einen für mich. Und natürlich sollte sie den Zweitschlüssel behalten. Sie freute sich, dass sie mich von den Qualitäten Nordhülts überzeugt hatte und endlich mal jemand auf sie hörte.

»Sag ich doch, dass es sich hier gut lebt«, meinte sie. »Hast ja denn doch noch was begriffen.«

Der Bestatter Schnack war beschäftigt, als ich bei ihm reinsah, aber Pastor Schwarz freute sich über meinen Besuch. Er sah etwas weniger niedergedrückt aus dieses Mal, denn seine Frau wollte am Wochenende nach Nordhült kommen, zu einer Aussprache, immerhin.

Dann traf ich mich mit Julia.

»Julia, ich hab mit Stine gesprochen. Sie ist bereit, dich stundenweise zu beschäftigen. Wenn du dich mit ihr einigen kannst und du genug verdienst, um davon zu leben, kannst du bei mir im Haus wohnen, wenigstens mal, bis ich wiederkomme. Das Gästezimmer ist frei. Du brauchst mir keine Miete zu bezahlen, aber ich wär froh, wenn du ein bisschen nach Haus und Garten sehen würdest. Wenn deine kaufmännische Seite eine Idee für den Laden oder eine andere Nutzung der Remise entwickeln sollte, lass es mich wissen.«

Julia sah mich skeptisch an, als ich ihr das vorschlug.

»Ich weiß, es ist nur eine Übergangslösung. Aber vielleicht weißt du in ein paar Monaten schon besser, wo es dich hinzieht.«

Da fiel sie mir um den Hals und nahm den Schlüssel.

»Aber rechne damit, dass Gesche ab und zu über dich herfällt …«

Als Letztes ging ich zu Rick. Ich nahm den Laptop mit, um die zwei Verlagsanfragen positiv zu beantworten und meinen Anruf anzukündigen, um die Details abzusprechen. Die neuen Mails kamen von Leos Verlag. Ich wurde gebraucht, es war Zeit, nach München zurückzufahren. Leo hatte nur eine kurze Nachricht geschickt, dass er gut zu Hause angekommen war.

»Bitte gib Bescheid, wann du kommst, ja? Dein Leo.«

Mehr stand nicht da.

Rick kochte noch einmal für mich. Er zauberte ein köstliches, asiatisch gewürztes Hühnchen aus dem Topf, und ehrlich gesagt war ich erleichtert, dass es keinen Fisch gab. Ich hatte mich wohl etwas übernommen mit meiner Vorliebe für Hering. Rick bewies einmal mehr, dass er geduldig zuhören und sensibel nachfragen konnte. Ich schüttete mein Herz bis zum letzten Rest aus. Und dann saß ich da und sah ihn erwartungsvoll an. Er dachte nach.

»Eins hast du jetzt noch vergessen. Du wirst ja wohl nicht abfahren, ohne Malte noch mal angerufen zu haben.«

»Das hab ich ja versucht, er war ja nicht zu erreichen! Er wird doch im Institut den Anrufbeantworter abgehört haben! Er hat sich nicht einmal mehr gemeldet, nachdem er beim ersten Hindernis das Weite gesucht hat!«

In diesem Topf, auf den ich lange den Deckel gehalten hatte, brodelte es mächtig.

Rick sah mich erstaunt an. »Aber es ist doch an dir, Nina, dich zu melden. Er kommt zu dir raus, umarmt dich, will dringend mit dir reden und sieht in der Haustür plötzlich einen anderen Mann im Pyjama stehen. Wer sucht da nicht spontan das Weite?«

»Das ist nun wirklich typisch Mann! Diese Verteidigung! Ich hab ihm ja gesagt, dass es Leo ist … dass Leo überraschend kam!«

»Schon gut. Aber im eigentlichen Erklärungsrückstand bist trotzdem du. Willst du gar nicht erklären, warum Leo kam, was er dir mitgeteilt hat und wie es jetzt bei euch steht? Und interessiert es dich gar nicht, was Malte dir sagen wollte?«

Er meinte das wirklich so. Zum ersten Mal regte ich mich über Rick auf.

»Also, das versteh ich nun gar nicht«, erwiderte ich. »Genauso gut könnte er mir endlich sagen, was er mitteilen wollte! Und er könnte sich seinerseits schließlich auch dafür interessieren, was nun mit Leo los ist.«

»Ich sehe schon, es geht ums Prinzip«, sagte Rick und stand vom Tisch auf. »Ich räum dann mal ab. Du wirst schon wissen, was du machst. Ihr seid ja beide erwachsen.«

»Den Satz hättest du dir jetzt auch sparen können«, fauchte ich. »Stimmt«, sagte Rick kleinlaut, »ist wohl ein typischer Elternsatz.«

Dann begann er lauthals zu lachen.

»Lach nicht«, sagte ich streng, aber ich musste selber grinsen.

Natürlich waren wir beide bockig, Malte und ich. Ich fand, nach meinem erfolglosen Versuch wäre er dran gewesen, sich zu bemühen. Es war ja nun wirklich nicht nur an mir, ihm nachzurennen. Aber im Stillen wusste ich auch ganz genau, dass ich tunlichst vermieden hatte, ihn da anzurufen, wo er am wahrscheinlichsten zu erreichen war, wenn er nicht im Büro war: zu Hause.

Okay, Rick, dachte ich, *diesen Versuch mach ich noch.*

Nicht nur die Männer sind feige, die Frauen sind es auch, manchmal, in seltenen Fällen, meine ich. Bevor ich die Nummer von Maltes Wohnung wählte, rief ich doch lieber erst noch mal im Institut an. Schließlich war jetzt normale Arbeitszeit.

Eine Frau, deren Name ich in der Aufregung nicht verstand, nahm das Telefon ab.

»Tut mir leid, Malte Feddersen ist nicht im Haus. Er musste für einen kranken Kollegen einspringen, der während eines Kongresses in Berlin plötzlich erkrankt ist. Deshalb musste Herr Feddersen das Projekt vorstellen, an dem wir hier arbeiten.«

»Ach so«, sagte ich und versuchte, mich zu sammeln. »Und wann kommt er zurück?«

»Nächste Woche. Er sagte, er brauche ein paar Tage Urlaub, und wollte die gleich anhängen.«

»Aha.«

»Kann ich etwas ausrichten?«

»Nein. Nein … schon okay. Oder, sagen Sie ihm, ich hätte nach ihm gesucht. Dann weiß er schon Bescheid. Ich sei nach München zurückgefahren.«

Ich dachte kurz nach.

»Nein, sagen Sie nicht, ich sei nach München zurückgefahren. Sagen Sie nur, ich hätte nach ihm gefragt.«

Ich legte den Hörer auf und begann zu schluchzen. Schwer zu sagen, ob aus Erleichterung oder Frust. Beides, es war wohl beides. Malte war gar nicht da! Also musste ich zu Hause bei ihm gar nicht erst anrufen! Malte war verhindert, sich bei mir zu melden, wegen des Kongresses! Aber vielleicht war Annika mitgefahren zum Kongress, und er hatte deshalb nicht angerufen. Schrecklich! Vielleicht machten sie verliebte Ferien in Berlin? Noch schrecklicher! Ich schrieb eine SMS und hoffte grimmig, dass sie die Nachricht als Erste entdecken würde.

»Lieber Malte, versteh nicht, dass du auf meine Anrufe nicht reagierst. Bitte melde dich, es ist wichtig. Leo hat sich von mir getrennt. Ich vermisse dich! Nina.«

Ich weinte Rotz und Wasser. So konnte ich unmöglich nach München fahren, ich musste mich erst beruhigen, irgendwie. Ich beschloss, noch einmal ans Meer zu fahren. Mit dem Fahrrad. Körperliche Bewegung ist gut gegen Seelenschmerz. Ich strampelte mir die Seele aus dem Leib. Ich hielt gegen den Wind, zäh wie ein Borstenschwein, ich übertraf mich selbst. Ich stellte das Rad ab und stieg auf den Deich. Da lag es, das Meer. Es lag da, als ob nichts geschehen wäre, als sei es ihm völlig egal, was in mir vorging. Ja, mein Schicksal war dem Meer egal, schnurzegal. Unverschämt gleichgültig waren die anrollenden Wellen. Ich zog die Schuhe aus und rannte an den Strand. Kein Tag zum Baden, es war zu windig, um sich in den Sand zu legen. Also machte ich es wie die wenigen Spaziergänger, ich stapfte den Saum des Meeres entlang, den Kopf gesenkt, um dem Wind standzuhalten.

Und da geschah es, ich beruhigte mich.

Vielleicht war das nur so, weil ich keine Kraft mehr hatte, mich aufzuregen, und Tränen versiegen ja auch irgendwann. Oder das Meer mit seinem weiten Horizont machte mir klar, wie klein und unbedeutend ich bin. Oder, dass ich in den letzten Tagen doch unglaublich viel erlebt hatte, dass mein Leben reich war, sich ganz unerwartet völlig verändert hatte und, trotz aller ungeklärten Gefühle, Anlass gab, dankbar und glücklich zu sein.

Und dann fand ich den Hühnergott. Vor meinen Augen lag er da, und keinem anderen Spaziergänger war er aufgefallen. Was ein Hühnergott ist? Das ist ein Stein, der ein rundes Loch hat, das ganz durch ihn hindurchgeht. Und weil ein solcher Stein etwas Besonderes ist, soll er ein Talisman sein und angeblich böse Geister fernhalten. Und weil ein Hühnergott Glück bringen soll, steckte ich ihn sofort in die Tasche.

Er kriegt einen Ehrenplatz im Haus, dachte ich, und ich dachte, obwohl ich ja eigentlich nicht an so was glaube: *Den hat mir Tante Rike vor die Füße gelegt.*

Stine fuhr mich mit dem Auto zum Bahnhof in Obersanden. Sie musste gleich los, in ihre Kneipe, und konnte nicht mit mir auf den Zug warten. Ganz allein stand ich vor dem Stationshäuschen, das ein gutes Modell für eine elektrische Spielzeugeisenbahn abgegeben hätte. Über mir der große, weite Himmel Norddeutschlands. Und ganz oben zwei kleine weiße Sommerwolken.

Ich seufzte. Und weil der Zug immer noch nicht kam, checkte ich noch mal mein Handy. Und da stand:

»Nina, Liebste, danke für deine Nachricht. Ich habe Annika von uns erzählt. Es ist viel geschehen, ich berichte dir dann. Bin beruflich in Berlin, melde mich bald. Sei geküsst. Malte.«